A HORA MORTA
M. L. RIO

Tradução: Laura Pohl

Diretor-presidente: Jorge Yunes
Gerente editorial: Claudio Varela
Editora: Ivânia Valim
Assistentes editoriais: Fernando Gregório e Vitória Galindo
Suporte editorial: Nádila Sousa
Gerente de marketing: Renata Bueno
Analistas de marketing: Anna Nery e Daniel Moraes
Direitos autorais: Leila Andrade
Coordenadora comercial: Vivian Pessoa
Tradução de texto: Laura Pohl
Preparação de texto: Fernanda Costa

GRAVEYARD SHIFT
© 2024 by M.L. Rio
© 2024, Companhia Editora Nacional

Todos os direitos reservados. Nenhuma parte desta obra pode ser reproduzida ou transmitida por qualquer forma ou meio eletrônico, inclusive fotocópia, gravação ou sistema de armazenagem e recuperação de informação sem o prévio e expresso consentimento da editora.

1ª edição — São Paulo

Revisão: Alanne Maria
Mariá Moritz Tomazoni
Ilustração de capa: Amanda Miranda (@amandamirand_)
Diagramação: Karina Pamplona e Amanda Tupiná
Imagens de miolo: Shutterstock

DADOS INTERNACIONAIS DE CATALOGAÇÃO NA PUBLICAÇÃO (CIP) DE ACORDO COM ISBD

R585h   Rio, M. L.
       A hora morta / M. L. Rio ; traduzido por Laura Pohl. - São Paulo: Editora Nacional, 2024.
       176 p. : il. ; 14 cm x 21 cm

       Tradução de: Graveyard Shift: A Novella
       ISBN: 978-65-5881-224-1

       1. Literatura americana. 2. Novela. 3. Ficção de Horror. 4. Suspense I. Pohl, Laura. II. Título.

2024-2029   CDD 810
                                                           CDU 821.111(73)

Elaborado por Vagner Rodolfo da Silva - CRB-8/9410

Índice para catálogo sistemático:
1. Literatura americana: 810
2. Literatura americana: 821.111(73)

NACIONAL

Rua Gomes de Carvalho, 1306 - 11º andar - Vila Olímpia
São Paulo - SP - 04547-005 - Brasil - Tel.: (11) 2799-7799
editoranacional.com.br - atendimento@grupoibep.com.br

Para o meu próprio grupo de mensagens noturnas:
Alley Cat, Marge, Paigey e Hex.

Nota da autora

A insônia tem sido minha companheira desde a infância. Tive pesadelos quando era bebê, li escondida no armário até a madrugada na pré-escola, passei a escrever sob a meia-luz de uma luminária no ensino fundamental e tive quase que uma existência noturna durante os doze anos da minha graduação. Você pode me considerar uma autoridade em vida noturna, onde as fronteiras entre o real e o imaginário são dissolvidas. *A hora morta* morou na minha cabeça por muito tempo antes de minha editora me procurar para que eu escrevesse esta novela. Eu gostava da ideia de uma narrativa sobre o sono e a insônia que desabrocharia durante uma única noite, como um sonho obscuro e perturbado. É assustadoramente fácil ficar perdido em seu próprio subconsciente; qualquer lugar que você conhece é diferente quando anoitece.

Sempre me preocupei com as interseções entre arte e ciência, e especialmente com os efeitos da privação de sono na (dis)função cognitiva. É revelador que as odes mais tocantes ao sono são entoadas por aqueles que não conseguem alcançá-lo. Considere Macbeth, condenado a não mais dormir: o sono é o "alento da mente sofrida", "mergulho da obra dolorosa", uma costureira dedicada que "costura a manga retalhada do cuidado". A insônia desfaz uma pessoa sem piedade. O mistério no coração de *A hora morta* é tanto sobre o que nos mantêm acordados à noite quanto sobre o que está enterrado no cemitério. É claro que eu também espreitei por cemitérios de igrejas; a proximidade do local de repouso final de alguém pode ser um conforto estranho quando não se consegue descansar sozinho. Quando estava na faculdade, o pequeno lote de terrenos atrás do meu dormitório era um dos meus lugares favoritos e que eu raramente precisava compartilhar com alguém. Porém, ocasionalmente encontrava outros insones por lá, gastando as horas escuras e infindáveis até o nascer do sol.

Assim, *A hora morta* tomou forma, pegando emprestada, além da minha própria experiência de vida, uma série de tradições literárias.

Minha pesquisa acadêmica está firmemente situada no campo das humanidades médicas; não é à toa que meu interesse se infiltrou na escrita criativa. O aviso necessário é que, embora eu seja um tipo de pesquisadora, não sou cientista, assim como Tamar não é, então, preciso pedir perdão por quaisquer erros nas páginas desta narrativa. Afinal, a ficção não é um experimento clínico. Porém, isso não quer dizer que suas descobertas não sejam estatisticamente significantes. Durante meu PHD, ministrei uma matéria de ficção científica para graduandos e vi em primeira mão como *Cama de gato*, *Onde os últimos pássaros cantaram* e até mesmo *Jurassic Park* os encorajaram a considerar as potenciais ramificações de novas tecnologias para humanos e o planeta em que habitamos — e não só as margens de lucro. Escrever um livro não é algo puramente didático, mas espero que as páginas a seguir forneçam não apenas uma boa história para acompanhar as horas mortas entre a meia-noite e o amanhecer, mas que também sejam um convite para fazer perguntas instigantes e sujar as mãos ao cavar sob a superfície das coisas.

Bons sonhos.

A HORA MORTA

12:00 AM
Edie

Eles se encontravam no cemitério todas as noites, à meia-noite. Não foi exatamente de propósito, mas também não era só por acidente. A política da universidade proibia fumar dentro de um perímetro de trinta metros de qualquer prédio no campus, e do lado oeste, onde as fronteiras entre a escola de medicina e a comunidade em geral eram especialmente porosas, o único lugar onde alguém desesperado por um cigarro poderia ficar em segurança era no cemitério malcuidado atrás da Igreja de Santo Antônio, o Anacoreta.

A maioria dos nomes nas lápides fora apagada ou pelo tempo ou por adolescentes vândalos;

A HORA MORTA

a própria igreja fora fechada com tábuas nas portas e janelas e estava completamente tomada pela vegetação de trepadeiras, musgo e fungos, tanto que a placa de PERIGO, AFASTE-SE pregada em cima das portas soava redundante. Desde que havia sido considerada como um marco histórico local, a igreja fora protegida das escavadoras e bolas de demolição que destruíram todo o resto ao sul da rua Azaleia para abrir espaço para mais pacientes, mais estacionamentos, mais lojas de lembrancinha e refeitórios. Enquanto a faculdade de medicina era construída, a igreja era *desconstruída* — um tijolo e uma viga de cada vez. Ninguém em sã consciência se demoraria em sua sombra comprida no meio da noite, mas, enfim, mais ninguém em sã consciência ainda fumava.

Foi o que Edie Wu disse a si mesma enquanto caminhava com dificuldade pelo campus, partindo da redação do *Belltower Times*. Ela era sempre a última a sair — seu dever mórbido como editora-chefe era se amarrar ao mastro e afundar com o navio — mas, ultimamente, ela fazia pausas remuneradas de cinco minutinhos. Era apenas uma volta. Dizia a si própria que um cigarro por noite não era um hábito, só uma maneira de relaxar quando ela estava, bem, *tensa*. E quando é que não estava? Sim, era um periódico da faculdade, mas era um periódico que recebera o maior prêmio de jornalismo estudantil seis vezes e que alcançava até dez mil leitores. O editor-chefe antes dela havia se graduado e assumido um cargo na *Nation*, mas, mesmo assim, lançava uma nuvem densa sobre a mesa de Edie. Algumas noites, ela desejava que alguma catástrofe acontecesse, só para que pudesse ser a primeira a relatar uma grande história, o que apenas a fazia se sentir pior de manhã, porque ainda não tinha uma história, mas tinha um novo hematoma escuro que pesava na sua consciência.

O problema maior era O Caroço. Desde que aparecera pela primeira vez duas semanas atrás, tudo parecia de uma imensidão urgente e terrível. Ela apertou mais o casaco e se apressou em direção à sombra decrépita da Anacoreta, um amontoado de pedra escura que eclipsava rudemente a lua pálida em formato de foice.

Estava ofegante quando finalmente subiu o morro e passou pelo portão, que se recusava a trancar direito. Assim como a placa de PERIGO, AFASTE-SE, o portão era redundante. Ninguém *queria* se amontoar em um cemitério cheio de mofo depois da meia-noite porque não havia outro lugar para fumar. Porém, amontoar-se era o que faziam. A miséria ama companhia e cria aliados estranhos.

Dois dos outros haviam chegado primeiro. Ela os conhecia pelas sombras: Tuck, com as mãos nos bolsos e os ombros encolhidos, era sempre o primeiro a chegar. Ao lado dele estava Hannah, que erguia o capuz ao sentir a primeira brisa do outono, e só o abaixava depois de maio. Estranhamente, porém, não estavam conversando. Eles encaravam o chão em uma imitação pétrea dos anjos do cemitério, sem os olhos que não piscavam ou as barbas irregulares de líquen. Quando ouviram os passos de Edie ressoarem enquanto ela contornava o obelisco Drewalt, ergueram os olhos. Ela abaixou o olhar e percebeu que esse tempo todo estavam encarando um buraco no chão.

— Que porra é essa? — Edie também encarou o buraco.

— Que porra você acha que é? — Hannah tragou o cigarro demoradamente.

O capuz deixava seu rosto comprido coberto pelas sombras, e escondia os olhos. Entre os Anacoretas, era ela de quem Edie menos gostava. Voltou-se para Tuck, atrapalhado com o isqueiro para acender o segundo cigarro.

— Não olhe para mim, não sei de nada — falou.

— Não estava aqui ontem à noite — disse Edie.

Hannah resmungou e deixou a boca aberta, a fumaça se derramando de lá. Em seguida, ergueu um pé e deu um chute no topo da pequena montanha de terra na beirada do buraco. Edie encarou a escuridão abaixo. Raízes cabeludas e retorcidas saíam da terra úmida como teias entre os fios brancos de micélio.

— Quem foi o último a ir embora?

— Pergunte ao pároco. — Hannah juntou as mãos, fingindo rezar, e inclinou a cabeça na direção de Tuck.

— Eu — disse, apertando o cigarro entre os lábios.

Tuck não era um pároco, mas bem que poderia ter sido. Era sempre o primeiro a chegar e o último a sair. Às vezes, Edie se perguntava o que ele estava evitando. Tinha dificuldades em conter o impulso de bisbilhotar. O Caroço pulsou, repreendendo-a. Fazia isso agora, quando suas ambições jornalísticas a dominavam. Ela sabia que provavelmente estava só imaginando coisas, mas isso — assim como muitas estatísticas que argumentavam que ele deveria ser inteiramente benigno — não a reconfortavam muito.

— Você viu alguma coisa esquisita?

— Essa é a sua primeira vez aqui? Tudo nesse lugar é esquisito — disparou Hannah.

A Anacoreta parecia mesmo estranhamente perdida no tempo e no espaço. Ficara no mesmo lugar há duzentos anos enquanto a cidade e a faculdade pareciam crescer explosivamente ao seu redor.

De um lado, um estacionamento lançava uma luz alaranjada turva, como se a noite estivesse sofrendo de oxidação. Letras vermelhas gritantes diziam EMERGÊNCIA no céu escuro ao sul. A parede oeste se abria para uma viela atrás do Centro Calhoun de Psiquiatria Comportamental, e a parede norte acompanhava uma estrada estreita que em certa altura cruzava com a vida noturna modesta que borboleteava, subindo e descendo pela rua Azaleia. As luzes dos postes invadiam aquele território apenas até certo ponto, reprimidas por uma parede de trepadeiras que preenchera as lacunas entre as tábuas da cerca. Dentro de seus limites tortos, os anjos choravam elegantes sobre lápides enquanto gárgulas animalescas sorriam e zombavam dos seus poleiros de cada lado das portas da igreja. Ervas daninhas cresciam sem restrições. Um carvalho, mais antigo do que a própria igreja, dominava um dos cantos, derrubando bolotas e folhas alaranjadas todo mês de outubro até que os galhos ficassem nus e os cogumelos-das-oliveiras estabelecessem residência entre as raízes. Alguns já tinham aparecido, brilhando sinistros na escuridão.

— Quer dizer, você viu alguma coisa esquisita feita por uma pessoa, Tuck? — insistiu Edie.

O buraco claramente não fora feito por um animal — as linhas e os ângulos eram regulares demais para patas e garras.

— Nada mais esquisito que o normal. Não... tinha buraco. — Ele balançou a cabeça. Ninguém queria chamar aquilo do que obviamente era, incluindo Edie. Ela puxou o próprio maço de cigarros do bolso e teve dificuldade em acender um. Uma brisa fria mordiscava a ponta do nariz e apagava a chama do isqueiro cada vez que ela o acionava.

— Aqui. — Tuck abriu o casaco para oferecer um abrigo temporário.

— Valeu. — Ela inspirou e expirou o ar, observando a fumaça se desdobrar. — E então, o que vamos fazer?

— Fazer? — Tuck olhou dela para Hannah. — Quem disse que precisamos fazer alguma coisa?

— Fazer alguma coisa sobre o quê?

Eles se viraram juntos na direção do obelisco Drewalt, menos assustados do que poderiam ficar porque conheciam a voz.

— Tamar — disse Edie, e respirou com mais tranquilidade.

Tamar era a mais velha dos Anacoretas, uma presença lúcida para equilibrar a agitação inquietante de Tuck e a indiferença extravagante de Hannah.

— Oi — cumprimentou ela, surgindo lentamente da sombra do carvalho, as bochechas úmidas depois de sair da Biblioteca de Ciências Médicas e

A HORA MORTA

atravessar o campus andando. — Tudo be... qual é a do buraco?

— O tal dilema que estávamos contemplando.

— Hannah abriu um sorrisinho irônico.

Tamar olhou para ela, mas Hannah só inalou a fumaça do cigarro e soprou o ar com um ar de condescendência digna de Holmes.

— Será que vai ter um enterro este final de semana? — sugeriu Tamar, com um suspiro, resignada a bancar o Watson por um momento. — Eles não costumam cavar com antecedência se o chão estiver duro?

Tuck balançou a cabeça.

— Faz mais de cem anos que ninguém é enterrado aqui.

— E não precisariam de uma retroescavadeira para o serviço? — perguntou Edie. — Acho que não fazem mais como antigamente.

— Talvez cavem, se estiverem tentando manter tudo em segredo — disse Hannah, com uma seriedade macabra.

— Ou... alguém acabou de ser desenterrado. — Tamar prevaleceu com a cabeça fria.

— Mas pra *quê*? — perguntou Tuck.

— Interesse histórico, talvez. É uma igreja bem antiga. — Ela deu de ombros.

— Ou para dissecarem — sugeriu Hannah.

— Eles não costumam trabalhar com cadáveres na faculdade de medicina?

— Sim — disse Edie.

Era uma das poucas faculdades no país que deixavam os alunos da graduação, antes mesmo da residência, trabalhar com corpos humanos — uma questão controversa que gerou muita indignação no primeiro ano em que Edie trabalhou no *Times*. Alguns pais achavam grotesco.

— Mas acho que eles preferem que estejam, hum, *frescos* — acrescentou ela.

Hannah jogou a primeira bituca de cigarro no buraco. Todos se inclinaram na direção do centro do círculo, observando-a desaparecer.

— Talvez seja para alguém que ainda não morreu — disse ela.

— O SENHOR DAS TREVAS EXIGE UM SACRIFÍCIO DE SANGUE!

Somente Hannah não se surpreendeu. Tuck proferiu uma sequência de xingamentos; Tamar ofegou e segurou o próprio peito; Edie quase mordeu a língua no meio e derrubou o cigarro na terra. Virou-se furiosa na direção do carvalho farfalhante. Theo Pavlopoulos saiu saltitando das sombras, mas sua risada, assim como seu nome, o denunciava — aquela gargalhada profunda e malandra que acompanhava cada bebida que ele servia no Rocker Box. *Escutam o nome dele e começam a babar*, ou era o que dizia o ditado. Cabelo castanho ondulado e olhos cor de café extraforte, os músculos idênticos aos de Davi de Michelangelo. Um veneno perfeito à escolha do envenenado.

— Acho que o Frei deu um pulo tão grande que saiu do seu manto — observou ele, mostrando os dentes brancos e retos para Tuck. — Quem é que não morreu ainda?

— Você tem sorte de não ser você — disse Tamar, sombria.

— Sete vidas. — Theo acendeu o cigarro com o isqueiro Zippo que pegou do bolso. — E ainda tenho pelo menos três.

— Melhor começar a tomar cuidado — sugeriu Hannah. — Ouvi falar que você teve um "incidente" no bar.

Ela olhou de relance para Edie, que, é claro, supervisionara a cobertura do ocorrido.

— Nem me lembre.

— Quem foi dessa vez? — perguntou Tuck.

Edie já sabia, mas escutou mesmo assim. Queria a história direto da fonte. Pegou o cigarro do meio da terra, limpou o filtro, e então deu uma tragada forte o bastante para manter a brasa acesa. A série que o *Times* vinha fazendo sobre os Incidentes Hostis que afligiam a comunidade desde agosto trouxera, até agora, nenhum resultado. A não ser que se contasse andar em círculos. Nenhum dos Beligerantes tinha qualquer coisa em comum, mas pelo menos o *Times* podia reivindicar o crédito por inventar a terminologia. Porque ninguém sabia o que era ou do que chamar, e eles foram forçados a decidir por conta própria e passaram a maior parte de uma reunião discutindo semântica.

Sem se incomodar por tais considerações, Theo balançou a cabeça, falando com o cigarro na boca. Somente ele parecia imune ao frio inevitável depois do anoitecer que tomava conta do ar nessa época do ano. Sem nada cobrindo a cabeça ou as mãos, ele não fez nenhuma tentativa de se aquecer enquanto o restante deles arrastava os pés e enfiava os dedos embaixo das axilas.

— Só conhecia ele de vista. Costumava ficar com o pessoal da administração. Era só um engomadinho até ontem à noite.

O Rocker Box era o bar favorito de todos do campus oeste, frequentado em maior parte pelos professores e graduandos que abandonaram os dormitórios para fazer parte do esporte bêbado e levemente sanguinário que era a vida das fraternidades. Depois de seis anos trabalhando para chegar à gerência, Theo sabia segredos obscuros o suficiente para chantagear cada chefe de departamento no campus,

A HORA MORTA

e mais metade dos políticos da cidade. Todas as noites, Edie mal resistia à tentação de pedir informações a ele. Não teria funcionado de qualquer forma; ele tratava o balcão do bar como um confessionário: qualquer confissão feita ali tornava-se sacrossanta.

— Nunca vi ele tomar mais que duas bebidas — continuou Theo. — Nunca nem o vi bêbado.

— De sóbrio a doido de pedra do nada, hein? — perguntou Hannah ao Buraco.

Ela acendeu outro cigarro, não com um isqueiro, mas com uma caixinha de fósforos vintage. Ela sacudiu o pulso e o fósforo se apagou, arrastando um fiapo de fumaça atrás de si como a cauda de um cometa.

— Bem, não fiquei de olho nele a noite inteira.

— Theo tragou outra vez, pensativo, o peito largo inflando como um fole antes de exalar outra vez. — Mas em um minuto estava lá bebendo o *chopp* dele, quietinho como um rato... — ele abriu um sorriso para Tuck, inexplicavelmente — ...e depois, no segundo seguinte, estava falando sem parar, endoidando e acertando a própria cabeça com tudo no espelho do banheiro masculino.

— Foi onde você conseguiu esse hematoma aí? — perguntou Tamar.

Edie espremeu os olhos na penumbra, e a sombra sob o olho esquerdo de Theo se solidificou como uma lesão inchada e escura.

— Ele deu um trabalho e tanto pra um cara que usa gravata.

Como gerente do Rocker Box, Theo era um grande faz-tudo: barman, gerente de negócios e todo o esquadrão de um segurança só.

— A fofoca é que você esmagou a traqueia dele com os seus bíceps impressionantes. — Hannah tinha um talento especial para fazer um elogio soar como uma ofensa, mas Theo redirecionou o sorriso para ela do outro lado da cova aberta, inabalado.

— Nada funciona melhor do que uma leve asfixia para acalmar o corpo.

O mata leão Pavloviano fora utilizado de maneira tão formidável ao longo dos anos que ninguém que gostaria de manter a cabeça afixada ao pescoço arrumava encrenca no Box. Assim como o Charme Pavloviano, a tendência era provocar baba excessiva.

— Olha lá o que você fala na frente da Pequena Miss Woodward e Bernstein, ou vai acabar na primeira página amanhã com o sufocamento e o sacrifício de sangue tirados do contexto — disse Hannah com os olhos afixados em Edie.

— Ei — disse Tamar. — O que acontece no cemitério fica no cemitério.

— Certeza? — perguntou Theo. Ele se inclinou pela lateral do Buraco. — Parece que tem um homem morto andando por aí.

— Ou mulher — disse Edie, fracamente. —
Hannah parece bem pálida. —
Hannah era tão pálida e descuidada que o adjetivo adequado era cadavérico. Os olhos dela eram adornados por olheiras quase tão escuras quanto o hematoma de Theo.

— Mi-au — zombou ele, e soprou um anel de fumaça.

— Pode parar — disse Tamar. — Sinceramente, vocês às vezes são piores que os alunos.

— Eu sou uma aluna. — Edie a lembrou.

— O que foi que eu fiz? — perguntou Tuck. Soprando fumaça e se remexendo, soprando fumaça e se remexendo.

— Você cavou o Buraco? — perguntou Theo. — Os culpados são sempre os mais quietinhos.

— Não, eu não cavei o Buraco. — Tuck abaixou mais o capuz sobre as orelhas. Envergonhado, irritado, ou as duas coisas. Cada emoção de Tuck se manifestava como um tipo de tique nervoso.

— Então quem foi?

— Era o que estávamos questionando antes de você interromper. — E então, Tamar se virou outra vez para Hannah: — Como assim, pode ser para alguém que ainda não morreu?

— Onde mais se enterraria evidências? Ninguém procura uma vítima de assassinato em um cemitério — respondeu ela. — Se eu estivesse planejando o crime perfeito, escolheria a cova de antemão. Você não?

— Adoro essa sua mente doentia — comentou Theo. — Como é que você ainda está solteira?

— Você vai ficar só na vontade, querido.

— Desculpe, devo ter perdido a hora em que concluímos que era um assassinato — observou Tuck.

— A navalha de Ockham — respondeu Tamar.

— Saúde — disse Theo.

Tuck o ignorou, sabiamente.

— A navalha de quem?

— Navalha de Ockham — repetiu Edie. — A explicação mais simples é a melhor que existe.

Era um lema que ela tentara incutir em sua equipe no *Times* — junto com o lema oficial, *Salva veritate*. Com a verdade intacta. Porém, a verdade nunca era simples e raramente era a verdade completa. Ela tocou o Caroço automaticamente. Se a navalha de Ockham fizesse o que desejasse, ela teria que tirar o caroço maior no seio esquerdo. Ela sentiu um arrepio correr pelos braços.

— E por que assassinato seria a explicação mais simples? — Tucker encarou o Buraco, apreensivo.

— Não pode ser um enterro legítimo porque a igreja está extinta há anos — Edie relembrou. — Desenterrar para pesquisa medicinal é improvável devido à putrefação. Desenterrar para pesquisas históricas é improvável, bem, porque teria que ser noticiado, e eu saberia.

Edie sabia que soava como uma sabe-tudo, mas nunca descobrira uma maneira de evitar essa armadilha em específico. Em vez disso, evitou o olhar de Hannah.

— Talvez ainda não tenha sido noticiado — disse Tuck. — Sabe, não pode ter sido cavado antes de ontem à noite. Estávamos todos aqui, e não tinha buraco nenhum.

— Ontem à noite? — questionou Theo. — Não pode ter sido cavado mais do que uma hora atrás.

— E como é que você sabe? — perguntou Edie, preparando-se para outra piadinha idiota, pois Theo, assim como Hannah, parecia incapaz de levar qualquer coisa a sério.

Theo se abaixou e endireitou-se outra vez segurando um punhado de terra escura que se desfazia.

— O solo ainda está molhado — disse, pressionando a terra no punho até virar um caroço pequeno e denso.

Os dedos de Edie tocaram a superfície do Caroço sob o seu braço discretamente. Mortificada por não ter pensado naquilo primeiro; abismada que fora ideia de Theo. Ele deveria ser burro. Qualquer pessoa bonita como ele merecia ser burra.

— Faz dias que não chove — acrescentou ele, limpando as mãos na calça. — Seja lá quem tenha cavado isso, foi bem recente.

— O que significa que o escavador provavelmente vai voltar — disse Hannah. — E logo.

— Bem... — Tamar apagou o cigarro na lápide mais próxima — Já tenho pesadelos o bastante para uma única noite — disse ela.

Tamar então enfiou a bituca na pequena urna ornamental que eles haviam adaptado como cinzeiro tempos atrás, o suficiente para ninguém conseguir se lembrar de quanto tempo fazia. Já estava cheio de cinzas de qualquer forma, ou ao menos esse era o argumento de Hannah. Os outros só a acompanharam.

— Já vou ficar acordada até tarde mesmo — disse Tamar.

— Precisa de uma carona? — perguntou Hannah.

— Já deu minha hora.

— A minha também. —Theo ainda esfregava as mãos uma na outra, apesar da maior parte da terra ter se desprendido. Ele encarou a escuridão.

— Eu posso...

— Você pode ir andando. — Hannah apagou o cigarro na urna e fez um showzinho para mostrar que estava olhando o relógio. Ela levantou as sobrancelhas. — Ou talvez devesse correr. — Ela sumiu embaixo do carvalho com um único olhar superficial para Tuck e Edie. — Nos avisem se o Freddy Krueger fizer uma visitinha.

Theo deu uma risada, com as mãos sujas apoiadas no quadril.

— Ela provoca pra cacete... — falou, aparentemente sozinho. Então, assim como Hannah, ele olhou rapidamente para trás na direção de Tuck e Edie. — Fiquem juntos, crianças.

Eles o observaram desaparecer logo depois de Hannah e Tamar. Ficaram em lados opostos do Buraco em um silêncio constrangedor. Edie não queria voltar andando para o escritório do *Times*. Não sem obter respostas, e não sem uma história. Pela primeira vez desde que o Caroço aparecera, desde que as horas que passava acordada se alongaram e as horas dormindo se encolheram tão drasticamente, ela se sentia desperta. Com ou sem assassinato, ali estava algo que valia uma investigação. Ela apagou o cigarro na urna e deu as costas para o Buraco.

— Aonde você vai? — perguntou Tuck.

— Para a igreja — respondeu ela.

12:30 AM
Tuck

*E*die se recusava a ir embora. Tuck tentara encerrar a conversa — algo que ele geralmente conseguia fazer sem dificuldade —, mas ela era perfeitamente capaz de cumprir com as duas partes sozinha. Principalmente propondo perguntas retóricas, pensando em voz alta, incapaz de deixar o mistério do Buraco sem solução. Ela tagarelou na direção dele enquanto cruzava o jardim da igreja, seguindo com determinação na direção da Anacoreta.

— Você está mesmo precisando de uma matéria, né? — perguntou ele, arriscando ser diretamente grosseiro na esperança de que ela finalmente cedesse, perdesse o interesse e fosse embora.

Diferente do resto do grupo, ele não tinha mais nenhum lugar para estar ou ir e era justificadamente protetor com o edifício. Ele estivera racionando os cigarros, mas, sob as atuais circunstâncias, considerava que fumar outro era um ato razoável. Um quarto cigarro seria flertar com a extravagância. Ele tateou os bolsos à procura do maço, tropeçando nos próprios pés na pressa de alcançá-la. Ela tinha um passo surpreendentemente longo, passando por entre as lápides e os anjos lamentosos como se fosse uma corrida de obstáculos noturna.

— Está assim tão na cara? — perguntou ela, irredutível. — Todo mundo perdeu o interesse nos Incidentes Hostis.

Tuck conseguia ouvir as letras maiúsculas nas palavras. Ele se perguntou se ela própria inventara o termo ou simplesmente cedera seu selo de aprovação editorial.

— E, fora isso, não tem muita coisa acontecendo por aqui — prosseguiu ela, gesticulando para o Buraco por cima do ombro.

— Que provavelmente não é nada.

De fato, aquilo não passava de um espaço negativo. O que não parecia muito digno de noticiário. Ainda assim, Edie estava determinada.

— Provavelmente — cedeu ela. — Mas até agora nenhuma das nossas explicações mais simples parece se encaixar.

— Deve haver algo simples em que não pensamos ainda.

— Provavelmente — repetiu ela, e depois se calou. Tuck cruzou os dedos nos bolsos, torcendo para que isso a fizesse desistir daquele assunto e fosse embora. Porém, como um cachorro que não larga o osso, ela se recusava a deixar o assunto morrer. Ela subiu as escadas correndo e parou no alpendre. As gárgulas porcinas a encararam em histeria silenciosa, de línguas à mostra.

— Quando foi que você disse que esse lugar foi... desativado?

— Cerca de cem anos atrás.

Tuck nutria uma aversão em particular pela gárgula à esquerda, que possuía um aro no nariz como o de um boi espanhol, e olhos que pareciam acompanhar qualquer um ali, não importa para onde fosse.

— Tecnicamente, o espaço é mantido por alguma sociedade de preservação histórica, mas eles não fizeram muita coisa para preservar o prédio além de impedir que a universidade demolisse tudo.

— Hum — resmungou Edie.

A placa os encarou na penumbra da meia-noite.

Letras brancas escritas em tábuas nuas e que não se encaixavam. PERIGO, AFASTE-SE.

— Mesmo que seja cem anos atrás, aposto que guardaram um registro de todo mundo que foi enterrado aqui — disse ela.

— E daí?

— E daí que vamos descobrir.

— Não acho que isso seja uma boa ideia. — Ele empurrou a porta para fechá-la quando ela tentou abrir.

— E por que não?

— Você é a editora do jornal, então eu sei que você sabe ler. — Tuck apontou para a placa.

Edie revirou os olhos.

— Sim, mas você *acredita* em tudo que lê?

— Quando um prédio condenado exibe uma placa como essa na porta, sim, costumo acreditar.

— Não é condenado. Você acabou de me dizer que está sendo "preservado".

— Disse que está sendo preservado da demolição, e não que a integridade estrutural foi preservada.

Ela franziu o nariz, estreitando os olhos para ele, desconfiada.

— E por que você sabe tanto desse assunto, de qualquer forma?

Ele não tinha uma boa resposta para a pergunta. A língua ficou presa entre desculpas improváveis, e ela aproveitou o silêncio de Tuck para passar por ele e abrir a porta com esforço. O perigo não importava, na verdade ela ria na cara dele. As dobradiças gemeram, e um feixe de luar fraco se estendeu sobre o corredor da igreja como um tapete prateado.

— Você vem? — perguntou Edie.

Tuck não viu como contornar aquilo, silenciosamente amaldiçoando-a por ser tão curiosa, e a si mesmo, por ser um mentiroso tão ruim.

Os passos deles foram abafados por poeira e destroços de um século sobre o chão de laje. O eco que ricocheteava do teto, modestamente abobadado, era distorcido e oscilante, como se fossem dois mergulhadores caminhando embaixo d'água. Edie tirou as luvas para conseguir mexer melhor na tela do celular. A lanterna mais parecia um holofote em miniatura, florescendo através da escuridão da nave até subir pela parede atrás do altar.

— Eita. — Edie parou de repente e Tuck trombou nela.

Ela apontou a luz na direção do enorme e sinistro mosaico de Santo Antônio. A pintura fora aplicada diretamente no gesso, embelezada com estilhaços de espelho e joias de vidro colorido que brilhavam como brasas de um fogo que se esvaía — vermelho ensanguentado profundo e laranja oxidado. O santo em si segurava, em uma mão, uma coleira amarrada a uma criatura corpulenta e abaixada que poderia ser um porco ou um cachorro feio e sem pelos. Na outra, segurava uma boneca ainda mais feia, com folhas como a de um repolho brotando da cabeça. A boneca não tinha mãos ou pés, e sim quatro protuberâncias cabeludas e enraizadas onde as mãos e pés deveriam estar. O que não significava que não tinha mãos ou pés necessariamente. A parte mais perturbadora do ícone era a meia dúzia de mãos e pés decepados flutuando no ar acima da cabeça do ermitão — um móbile de membros amputados.

— O que é essa coisa? — perguntou Edie.

— Qual exatamente?

Havia tantas coisas de errado para escolher. Edie apontou para a boneca bizarra e frondosa.

— É uma mandrágora — respondeu Tuck. — Médicos como os Antonianos costumavam usá-la como sedativo para as amputações.

Santo Antônio os encarou, boquiaberto em um horror mudo.

— É disso que se trata essa coisa toda?

Parecendo razoavelmente recuperada do choque, ela direcionou o feixe da lanterna para os pés e mãos decepados.

— É. *Ignis sacer*.

— *Ignis* o quê?

— Fogo de Santo Antônio. Foi um tipo de epidemia medieval. Causava gangrena e alucinações e fazia as pessoas se sentirem como se estivessem sendo queimadas vivas.

— Quê?

— Microbiologia.

Tuck se esqueceu de mencionar que nunca terminara a graduação. Não conseguira arcar com os custos dos empréstimos estudantis. Já perdera o prazo dos pagamentos, já acumulara taxas de atrasos e mais juros, e já fora relatado como um delinquente financeiro para todas as agências de crédito.

— Micetologia, na verdade. O fogo de Santo Antônio era só outro nome para envenenamento por *ergot*.

— Odeio admitir, mas Hannah está certa. Este lugar é esquisito pra caralho —Edie observou.

— Você que quis vir até aqui — disse ele.

— E você claramente já esteve aqui antes — rebateu ela, com um sorrisinho. Pronto. Descoberto.

— Então, onde você acha que eles guardam os registros de sepultamento?

Ele suspirou, resignando-se à busca. Cooperar com a inquisição parecia mais fácil, e Tuck — exaurido por anos de dívidas e estafa — frequentemente optava pelo caminho que exigia a menor resistência.

— No escritório lá em cima... Vem, é por aqui.

— Ele a guiou pelo corredor principal, em direção

à escadaria em espiral nos fundos da nave. — Cuidado. O terceiro degrau é complicado.

Ele não a avisara com antecedência o bastante. Ela escorregou, agarrou o ombro dele e quase o derrubou de costas.

— Desculpa — sussurrou ela, o silêncio funerário da Anacoreta domando-a enfim.

Ele não precisava da lanterna. Já havia memorizado os degraus.

— Você queria um pouco de perigo. Cuidado com a cabeça.

No topo da escadaria, uma arandela na parede se soltara e caíra no meio da passarela. Edie se abaixou para passar por ela e se manteve por perto, seguindo Tuck como uma sombra. O corredor acabava em um beco sem saída, em outra porta de carvalho, que gemeu lamuriosa quando ele jogou o ombro contra ela, as dobradiças exibindo uma crosta de ferrugem. Nenhuma das luzes elétricas funcionava, mas havia muitos círios brancos em uma caixa que na maior parte ficara protegida dos elementos. Ele encaixou duas velas no candelabro na mesa e as acendeu, o que rendeu luz o bastante para conseguirem ler. Um vitral na parede oeste transformava a luz da lua em um redemoinho de aquarela.

— Certo — disse Tuck. — Fique à vontade.

Ele seguiu para um dos cantos, remexendo os pés, tentando enfiar a mochila e o colchonete escondidos ali mais para os fundos da escuridão. Edie já estava ocupada destruindo a estante. Havia surpreendentemente pouca poeira. Umidade demais. Cada um dos tomos que se abria revelava enormes manchas d'água, alguns até com mofo crescendo onde o papel encontrava a lombada.

Fumar em uma sala tão cheia de livros nunca pareceu boa ideia, mas nada estava seco o bastante para pegar fogo, e Tuck precisava muito de outro cigarro para aliviar os nervos agitados. Eles já tinham atirado a cautela pela janela, então, por que não? Ele tirou as luvas, sacudiu o maço até fisgar um cigarro e se inclinou para frente para acendê-lo na chama da vela mais alta. Foda-se o racionamento. A noite já tomara muitos caminhos estranhos para que ele se preocupasse em como pagaria pelos cigarros do dia seguinte. Talvez aquele gasto desnecessário finalmente o obrigasse a parar de fumar. Ele tragou em silêncio, ignorando Edie e olhando pela janela. O Buraco era um vazio escuro e comprido no cemitério lá embaixo.

— O que é isso?

— Encontrou alguma coisa? — Ele olhou para ela.

— Não o que eu estava procurando, mas... isso aqui é seu?

Como um elevador em queda livre, o coração de Tuck despencou para o estômago. Ele se esquecera do diário — o caderno de anotações maltratado que ele preenchera com ideias e rascunhos e ainda ocasionalmente folheava, rabiscando aqui e ali. Ela o pegara de cima da mesa e abrira a capa, e ali estava o nome dele, borrado e manchado de água como todo o resto, mas dizia, inconfundivelmente, em sua caligrafia atrapalhada e infantil: *Wes Tucker*.

— Acho que eu devo ter esquecido outro dia. — Ele chupou o cigarro para ganhar mais tempo, desejando que tivesse uma expressão mais treinada para o blefe. Qualquer treinamento. — Às vezes eu desenho aqui.

— Só isso? — Edie estava olhando para além dele, e não para ele, pois vira o saco de dormir e a mochila que foram chutados longe das vistas. — Qual é a do colchonete?

Tuck deu um peteleco no cigarro para jogar as cinzas na direção oposta. Os livros estavam pesados demais com a água para sustentar uma chama, mas ele não tinha tanta certeza sobre o nylon, e não poderia arcar com o custo de incendiar suas parcas posses materiais.

— Só precisava de um teto sobre minha cabeça por um tempo... Não vi problema nisso. Exceto por você, ninguém nunca ignorou o aviso da placa.

Ela ficou em silêncio por um instante, o cabelo preto lançando o rosto nas sombras.

— Theo sabe, não sabe? — perguntou ela, surpreendendo Tuck.

— Infelizmente — admitiu Tuck. — Como *você* sabe que ele sabe?

Ele estava aprendendo a não subestimar os instintos investigativos dela.

— Todos os... apelidos. — Ela deu de ombros, parecendo envergonhada por ele. — Ratinho de igreja. Frei Tuck.

— É.

— Que escroto de marca maior — disse Edie.

— Sem comentários. — Ele abriu um sorrisinho, apesar das circunstâncias.

— Você que contou pra ele?

— Eu pareço um idiota pra você? Ele me viu sair daqui faz algumas semanas.

— Semanas? — Ela remexeu os pés, mordendo o lábio. — Isso parece... sabe, olha todo o mofo aqui. Provavelmente tem morcegos no campanário. Esquece o *ergot*, você vai acabar tendo um envenenamento por mofo. Pode pegar raiva.

— Certo, bem, não foi minha primeira escolha... Fiquei sem outras opções e precisava dormir enquanto dava um jeito nas coisas.

— Não quero ser invasiva, ma...

— Não tem nenhuma história aqui, tá? — A voz dele soou mais afiada do que deveria. — Eu estou falido. Ocupando um prédio vazio. Só isso.

Uma das velas estalou e fraquejou, derretendo-se no suporte.

— Eu não estava procurando por uma história — disse ela, a voz diminuindo diante da acusação. — Eu só... não sei, o que você diria, se estivesse no meu lugar?

Ele piscou, aturdido, do outro lado da escrivaninha. A luz das velas estava morrendo, tornando-se apenas um murmúrio.

— Eu tento não ser um babaca, mas também não estou tentando ser um herói. Eu não falaria nada.

Ela piscou também sem reação. Pareceu faltar palavras no começo, e então ela ofegou:

— Tuck!

— Jesus, dá pra você deixar isso quieto?

— Não, Tuck, *olha.* — Ela andou para trás, achatando-se contra a estante, desaparecendo do feixe estreito de luz que entrava pela janela. — *Tem alguém no cemitério.*

Ele se colou contra a parede. Nessa altura, já tinha prática em desaparecer de vista quando alguém passava por ali, só por garantia.

— Talvez seja o Theo — disse ele. — Ou a Hannah, voltando pra cá.

Edie sacudiu a cabeça com veemência.

— Baixo demais para ser o Theo, largo demais para ser a Hannah.

E escuro demais para ver qualquer outra coisa.

— Apague a vela — ordenou ele.

O braço de Edie se esticou para frente, e com um sibilar suave a chama da vela se transformou em fumaça. Tuck apertou os olhos para o chão. Era difícil distinguir qualquer coisa além de borrões como do teste de Rorschach, mas no formato de uma pessoa. Provavelmente um homem, talvez... um corcunda?

— O que é isso? — sussurrou ele, apesar de ser improvável que o invasor pudesse enxergá-los através do vitral, e ainda menos provável que ele pudesse ouvi-los.

— Ele está carregando alguma coisa — cochichou Edie. — Parece... pesado.

— Não é pesado o bastante para o que você está pensando.

Tuck se afastou da parede, agachando-se para espiar pelo buraco da janela onde alguns painéis haviam se soltado. O vento sibilava pelo buraco durante a noite, deixando o lado externo entrar. Não era um problema na brisa quente de setembro, mas, nessa altura de outubro, o vento cortava gélido até os ossos.

— O que ele está fazendo?

— Shiu.

Ele prendeu a respiração, observando e esperando pelo... quê? A figura nas sombras lá embaixo abaixou o saco que levava no ombro. Como um Papai Noel necromante sinistro.

— Ele está, hum, descarregando.

— Descarregando o *quê*?

O sussurro fez cócegas na parte de trás da sua orelha e ele quase pulou pela janela.

— Não me assusta assim!

Tuck sequer a ouvira se mexer, mas agora conseguia senti-la, abaixada atrás dele.

— Foi mal.

— *Shiu.*

O coveiro olhou ao redor — primeiro na direção do estacionamento e depois para o Centro Calhoun. Ele virou a bolsa de ponta-cabeça. Seja lá o que estivesse dentro dela, caiu no Buraco em pedaços.

— Meu Deus — murmurou Tuck, com a cabeça de repente a mil, um redemoinho horripilante e luminoso de braços e pernas decepados, mãos e pés. — Acho que vou vomitar.

— *Shiu!* — Foi a vez de Edie o calar. Ela o agarrou pelo colarinho e o puxou para longe do vitral.

— *Ele ainda está lá fora, Tuck, cale a boca!*

Tuck fechou os olhos e a boca, obediente. Deixou que ela tomasse a dianteira e lidasse com aquela situação. Ele não era um babaca, não era o herói, e não estava nem aí se fosse um covarde. Pelo que pareceu ser uma vida inteira, os dois ficaram ali. Sem se mexer, sem respirar, embora o aperto de Edie no seu colarinho estivesse ficando desconfortavelmente apertado.

— Ele está saindo — avisou ela. — Está indo embora, voltando para... de que lado ele veio?

— Eu não sei, não vi...

— Parece que está descendo pela viela...

— Edie...

— Claro que isso não significa que é a direção da qual ele veio...

— Edie! Você está me sufocando.

— Ah. — Ela o soltou. — Ah, desculpa. Ah não, ele se foi.

— Ah *não?*

— Vem.

— Quê?

— Vem logo!

— Para onde? Lá *embaixo?* Ficou maluca?

Era a primeira vez que ele se lembrava de se sentir razoavelmente aconchegado no escritório Anacoreta, sentindo-se um pouco relutante de partir. Porém, Edie já estava de pé e saindo pela porta, sem se acovardar pela escuridão e pelo coveiro.

— T-tá bom — disse para si mesmo, de repente vendo que estava sozinho. — Evidente que sim. Evidente que ela é maluca. — Ele ficou em pé, passando os olhos pelo quarto mofado. Então, sem saber o que mais deveria fazer, foi atrás dela. — Evidente que nós dois somos. Evidente que eu também sou completamente *maluco* pra caralho.

Quando ele colocou a cabeça para fora entre as portas da frente, estremecendo com o gemido das dobradiças, Edie estava parada de costas para ele, encarando o Buraco. Devido ao fato de que ela não estava fugindo, gritando ou esquartejada no chão, ele ousou se aventurar para fora.

— Edie? O que é?

Ela deu um sobressalto, virou-se na direção da voz dele, como se ele a despertasse de um sonho.

— Tuck, eu não sei o que é.

— Então não é, tipo, um corpo? — Ele se sentiu como um imbecil falando isso em voz alta.

— Não *um* corpo, não — respondeu ela, e então ele ouviu. Uma pontada de inquietação. — É um *monte* de corpos.

— Licença, é o *quê*?

— Não são corpos humanos! Vem aqui ver. Ou... sei lá, o quão nojento você é?

— Eu coleciono esporos, mofo e fungos — repetiu ele.

Tentando se convencer de que ele não era um covarde, afinal. Ele se aproximou cautelosamente, olhando por cima do ombro de Edie, e viu um monte de corpos. Um monte de corpos peludos pequenos, com longos bigodes e rabos rosas escamosos. Dezenas de corpos brancos peludos com pequenos capuzes pretos. Como uma vala comum para minúsculos monges depois de algum massacre religioso.

— Isso são... ratos?

— São grandes demais para serem camundongos — disse Edie.

— O que tem de errado com eles?

Estavam todos mortos, rígidos sob o domínio do *rigor mortis*, as bocas abertas para deixar à mostra os dentes afiados e amarelos. Tuck vivera em diversas espeluncas durante a vida, e um roedor morto não era uma visão estranha. Porém, os olhos de todos estavam abertos e arregalados — cada um deles congelado como se tivessem sido petrificados em choque.

— Não me pergunte, eu mal sobrevivi a um semestre de biologia. — Edie olhou para a luz vermelha no céu escuro que gritava emergência. — Talvez sejam ratos de laboratório. Não parecem vermes. Ao menos não com essa cor.

— Eu sobrevivi a aulas de biologia o bastante para saber que esse não é o protocolo para descartar animais mortos em laboratório. — Ao menos ele aprendera alguma coisa de suas falhas tentativas de tornar-se um micetologista de verdade. — Eles têm... sacos e freezers e incineradores para esse tipo de coisa.

— É... Aposto que sim.

A ansiedade evaporara. Edie tirou o celular do bolso outra vez, apertando coisas na tela até que o flash iluminou a noite como um relâmpago.

— O que pensa que está fazendo? — Tuck olhou na direção da viela por onde o coveiro desaparecera.

— Reunindo informações.

Outro disparo do flash. Depois, um terceiro. A tela iluminava o rosto dela por baixo enquanto ela passava pelas fotos, como se estivesse prestes a contar uma história de fantasmas ao redor de uma fogueira.

— Tudo bem, tenho certeza de que agora você já fotografou o melhor ângulo dos ratos, já pode parar — disse Tuck para ela.

— Por quê? Eu não vou p...

— *Porque ele está voltando.*

Tuck a agarrou pelo cotovelo e a arrastou até uma lápide grande e larga o bastante para esconder os dois. Ele caiu de quatro no chão e soltou Edie quando sentiu que as mãos e os joelhos dela estavam na terra ao lado dele. Continuaram abaixados, em silêncio, observando apavorados enquanto a sombra do coveiro avançava ao longo da parede, e então saía de vista atrás do obelisco Drewalt. Os passos dele eram levemente irregulares, pisando e arrastando, pisando e arrastando. O homem em si surgiu, arrastando uma pá consigo.

O coveiro parou na beirada do Buraco. Olhou para um lado e depois para o outro, as feições engolidas pelas sombras. Tudo que Tuck conseguia distinguir era um casaco comprido com botões, e a silhueta desalinhada de uma barba. O homem virou de costas outra vez, mirou a pá no monte de terra que Theo espalhara meia hora atrás e afundou-a no chão.

Tuck achatou as costas contra a lápide, apertou os punhos com tanta força que perdeu a sensação na ponta dos dedos. Edie esticou o pescoço o mais longe que se atrevia, tentando conseguir um vislumbre do coveiro trabalhando. Tuck não tinha nenhuma vontade de assistir, nenhuma vontade de ouvir. Ele espremeu os olhos firmemente ao ouvir o baque terrível da lâmina da pá sendo fincada na terra, o respingo do solo espalhado pela massa escabrosa e gélida de ratos mortos. As patinhas rosadas espremidas como garras, as caudas escamosas emaranhadas pela eternidade. O estômago dele embrulhou. *Crunch. Crunch. Crunch.*

Quanto tempo demorava para encher uma cova rasa? As mãos de Tuck estavam entorpecidas, e os joelhos começavam a doer de ficar de cócoras ali como uma das gárgulas do jardim da igreja. Edie vibrava como um diapasão ao seu lado, coçando para pegar o coveiro no ato, ou apenas entusiasmada demais para ficar imóvel. O pé dela ficava se remexendo contra a perna dele. Com medo de que o coveiro pudesse ouvir o guincho do tênis contra os jeans da calça, Tuck abriu os olhos para tentar falar para ela, sem palavras, *Para, só para, porra!*, mas, quando ele fez isso, ela não estava tocando nele. Não estava nem perto disso. Ela ainda estava de quatro, ignorando-o por completo enquanto manobrava no chão para conseguir ver melhor atrás da lápide, com o cabelo caindo por cima do ombro, dando a impressão de que ela fora decapitada na escuridão. Aquilo poderia tê-lo assustado, mas algo tocou na perna dele outra vez e um terror violento se apossou da sua garganta.

Tuck chutou com violência, mas as garras do rato tinham enganchado no jeans como se fossem feitas de velcro. Edie deu uma cotovelada nele e o acotovelou outra vez quando ele não parou de se debater, e, por fim, ela se virou. A expressão tortuosa de Tuck — com o rosto espremido com o esforço de tentar não choramingar, tentando se afastar o máximo que conseguia daquelas garras perfurantes sob a sombra da lápide — fizeram Edie olhar para o joelho de Tuck e recuar. O rato subia pela perna dele, escalando seu corpo, seguindo em direção à virilha com uma determinação demoníaca.

Crunch. Crunch. Crunch.

Tuck sacudiu a perna, mas o rato apenas subiu mais rápido. Por impulso, ele agarrou o rato para tentar atirá-lo para longe, mas o bicho gemeu como um porquinho e mordeu os dedos dele e, de repente, o baque da pá foi silenciado. O coveiro se endireitou. Tuck ficou parado como uma estátua, as mãos fechadas em volta do rato que se debatia, apertando a cabeça minúscula para abafar os guinchos. O rato mordia e arranhava dentro do aperto, e ele teria gritado se não fosse por Edie, que enfiara uma luva dentro da boca dele. Tuck cerrou os dentes em cima do couro.

A cabeça do coveiro virou outra vez — de um lado ao outro. Escutando. Sem ouvir nada além dos sussurros noturnos do quintal da Anacoreta. A brisa soprando pelas folhas mortas do carvalho, o pio sinistro e ocasional das corujas das torres que moravam no tronco da árvore. O barulho gutural distante dos motores de carro passando pela rua Azaleia. Ele abaixou a pá, trabalhando mais rápido.

Crunch. Crunch. Crunch.

Tuck começara a chorar, mas o rato parou de se debater. As garras fracas, o pescoço frouxo. A cabeça como uma noz podre e molenga no meio de sua palma. Uma das patinhas estremeceu, débil, e ele quase vomitou no próprio colo.

Crunch. Crunch. Crunch.

Tuck deve ter feito uma projeção astral para fora do próprio corpo. Abandonou-o assim como o rato, mas apenas temporariamente. Quando a batida ritmada da pá desacelerou, ele voltou a si como um mergulho terrível e vertiginoso. A respiração ofegante do coveiro chiava no ar frio. Ele alisou a terra com a parte chata da pá e então chutou algumas folhas e galhos e outros destroços por cima do chão que havia acabado de cavar. Ele olhou em volta mais uma vez, e então, sem ver mais nenhuma sombra além da sua na parede, pegou a pá e saiu do cemitério.

Tuck cuspiu a luva de Edie e largou o rato morto na grama. Quando os passos do coveiro se afastaram o suficiente para não serem ouvidos, ela correu por quatro ou cinco túmulos até o portão, dando uma espiada.

— Ele foi para a esquerda — murmurou ela. — Virou a esquina, na direção do centro.

— Fantástico — disse Tuck. — Exceto que ele esqueceu isso aqui.

Ele se colocou em pé, virando o rato com a ponta do sapato. Não tinha certeza se quebrara o pescoço do bicho ou se havia lhe apertado tanto que espremera a vida por puro pânico. Tuck não queria matar o rato, mas, olhando para o animal, não conseguia evitar a sensação de que tinha acabado de lhe fazer um favor.

— Traz a luz para cá — pediu Tuck.

A lanterna do celular de Edie era como um grande círculo branco antisséptico. Sob o clarão, era fácil imaginar aquele rato em um laboratório — aberto por um bisturi, com as vísceras expostas, preso por alfinetes e com os devidos rótulos. O pelo caíra em alguns pedaços, a pele embaixo fora coçada até a epiderme e esticada grotescamente sobre um conjunto de ossos que não continha gordura ou músculo. Uma camada branca fibrosa se acumulara ao redor das narinas e no canto dos olhos e da boca.

— Talvez você precise tomar uma vacina de raiva — sugeriu Edie, olhando para as mãos de Tuck.

A pele já estava vermelha e sensível, com mordidas e arranhões vertendo sangue.

— Não está espumando — respondeu ele. — Parece mais como... hum. Não sei.

Porém, a visão era familiar. Escamosa, flocada e produzindo filamentos pálidos que se curvavam, quase finos demais para ver a olho nu. Edie arfou de novo, mas Tuck sequer se sobressaltou dessa vez. Todo seu sistema nervoso era como uma tela azul vazia.

— Eu sei! — disse ela, e saiu correndo com a lanterna.

— É claro que você sabe — murmurou Tuck, resignado em segui-la outra vez.

As portas da igreja rangeram, e ele subiu devagar pelos degraus. A lanterna de Edie o levou pelo nártex até a nave outra vez. Santo Antônio os encarou, funesto, mas não era ele o alvo da atenção de Edie. A lanterna voou de um lado para o outro pelo mosaico até se acomodar no canto esquerdo no topo, em cima de um dos pés com gangrena.

— Ali! — disse ela. — Está vendo?

Uma extensão branca calcária brotara de uma mancha úmida no teto, e as manchas maiores começavam a formar rosetas curvilíneas delineadas de verde.

— Edie, é só líquen. — Ele não queria ver, mas viu.

— E daí?

— E daí que líquen cresce em substratos estáticos, como pedras, árvores e paredes. Não crescem normalmente, hum, em tecidos moles.

Ele não sabia o que era pior, a lembrança do corpo do rato se debatendo ou o cadáver frouxo e imóvel.

— Bem, é como a Hannah falou, nada disso é normal. — Ela tirou mais algumas fotos e abaixou o celular, digitando em fúria. — E essa é a nossa melhor pista.

Edie passou pelas fotos, o que deu ao rosto dela um brilho esverdeado e doentio.

— Pista? Quem você acha que vai investigar isso?

— Pense um pouco, quem mais é que está acordado a essa hora e adoraria ter a chance de se juntar a uma aventura na Mistério s.a.?

— Essa não — suspirou Tuck.

1:00 AM
Theo

As noites de quinta-feira no Rocker Box não eram exatamente agitadas, mas esta ainda resistia uma hora antes do bar fechar. Atrás do balcão, Theo e a *bartender*, sua mão direita, faziam os coquetéis, serviam cervejas e fechavam as contas com uma eficiência ambidestra. O que era bom, no caso, já que o resto da equipe principal estava de licença para recuperar-se do choque do Incidente Hostil. O acontecimento não afastara os clientes, o que deixava Theo e Chelsea ocupados. O que também era bom, porque — em um instante de insanidade temporária pelo qual ele culpava completamente a mistura de uísque com as alegrias de final de ano durante a confraternização do último Natal — ele quebrara sua regra de não transar com colegas de trabalho. Houve mais algumas ocorrências de insanidade temporária antes do dia anterior, quando ele, segundo Chelsea, reagira "com exagero" às tentativas de flerte de um estudante de medicina bonitinho que assombrava o canto dela no bar. Estranhamente, ao insistir que teria feito o mesmo para qualquer outro membro da equipe sob aquelas circunstâncias, quando um Incidente Hostil poderia atravessar a porta de repente e pedir uma bebida, só havia a deixado com mais raiva. A conversa entre os dois desde então ficara reduzida aos atalhos logísticos da indústria alimentícia:

— Virando!

— Número oitenta e seis, com pimenta.

— Atrás.

— Está quente.

— Mais cinco, esperando.

— Virando!

Já que o Rocker Box era o único bar no lado oeste do campus que ficava com a cozinha aberta até fechar, eles ficavam ocupados até às duas da manhã e não voltavam para casa antes das quatro, se é que voltavam. Theo estava com poucos funcionários há tanto tempo que, em algumas noites, ficava cansado demais para subir as escadas até o seu apartamento e dormia sentado na cabine da mesa do canto. Ele estava começando a se coçar para fumar um cigarro. A nicotina era a única coisa que mantinha seu cérebro afiado depois de trabalhar tantas noites seguidas, mas ele não podia deixar Chelsea sozinha no bar outra vez. Ela o fuzilara com o olhar a noite toda.

— Virando!

Ele se virou com um uísque e uma Coca-Cola em cada mão, desequilibrou-se e jogou a bebida em cima dela e no cesto de frango empanado que ela estava segurando. O refrigerante pingou da ponta do rabo de cavalo dela. Algumas pessoas sentadas no bar abafaram o riso. Theo jogou os copos no lixo — já estavam vazios mesmo — e pegou os cestos da mão dela, deslizando-os pelo bar. Foda-se.

— Ei, alguém derrubou bebida nisso aqui.

— Não, é o nosso novo molho de churrasco com Coca-Cola, é doce e picante. Confie em mim, você vai amar. — Theo levou Chelsea na direção da cozinha e murmurou um pedido de desculpas: — Desculpa, você me odeia, eu sei, vou dar um jeito, vamos só sobreviver a essa noite...

— Não sei, você vai conseguir se conter se eu voltar lá parecendo que estou num daqueles concursos de camiseta molhada? — Ela abriu os braços, a camiseta branca encharcada colada no corpo como se fosse um papel de parede.

— Merda — respondeu ele. — Desculpa, eu sou um babaca, vou limpar isso. Ou te arrumar uma camiseta nova. Vou buscar outra coisa para você vestir.

Ele começou a subir as escadas.

— Nem se dê ao trabalho de proteger minha virtude — disse ela, atrás dele. — As gorjetas seriam ótimas!

Theo não poderia se dar ao luxo de perder Chelsea no bar, e não queria perdê-la como... seja lá o que eram um para o outro. Se fosse preciso, ele se humilharia, mas não conseguia entender o *que* ela queria. Isso era um problema para outra noite. Aquela já tinha problemas suficientes, e um deles era que ele não lavava a roupa sabe-se lá há quanto tempo. Ele vasculhou a montanha de merdas empilhadas na cama, e então a montanha de merdas empilhadas no guarda-roupa. Não encontrou nada ali, e então se lembrou dos antigos roupões de boxe temáticos do Rocker Box que encomendara para a equipe usar no Halloween três anos atrás. Ele arrancou o seu do cabide, pegou uma barrinha de granola mordida do sofá nos fundos e a enfiou na boca. Ele não comia nada desde o café da manhã, fora batata frita ou bolinhas de farinha de milho roubadas das cestas que aguardavam na cozinha. Enquanto ele mastigava, seu celular vibrou onde estava plugado na mesa de canto. Theo o pegou, surpreso ao se deparar com uma mensagem de Edie. Só para ele, e não para o resto do grupo.

O coveiro está indo, dizia a primeira linha da mensagem. Ele leu o restante enquanto descia as escadas. Viu Chelsea tomar um shot com o cozinheiro, Noah, e então entregou o roupão para ela.

— Uma promoção? — Ela abriu um sorriso enorme e falso. — Para mim?

— Promoção? — Noah desviou o olhar dela para Theo, franzindo o cenho.

Ninguém recebera uma promoção ou aumento salarial nos últimos dois anos, incluindo Theo. Os pirralhos não bebiam mais como costumavam beber.

— É — disse Chelsea, passando os braços pelas mangas. — Fui promovida de camiseta molhada para *Memórias de uma gueixa*.

— Me desculpa mesmo, Chels — repetiu Theo. — Vou te compensar depois. — Ele não tinha nem ideia de como faria isso, especialmente por estar prestes a tornar tudo muito pior. — Preciso sair um minuto. Vocês acham que conseguem segurar as pontas por aqui? Valeu.

Theo não esperou por uma resposta, não esperou para murchar sob O Olhar Fulminante. Ele saiu pelas portas dos fundos sem nem vestir um casaco.

O coveiro está indo, Edie escrevera. Está subindo pela Dogwood, casaco longo, de barba, com uma pá (?). Mensagem enviada há três minutos. Se Theo se apressasse, talvez conseguisse interceptá-lo. E fazer... o quê? Ele descobriria no caminho, decidiu e acelerou. Sabia que não deveria começar a correr de verdade sem o casaco naquele frio. Ele se apressou pela viela comprida atrás do bar, que o despejou no cruzamento da Dogwood com a Azaleia. Ele virou à direita e continuou seguindo o caminho pela rua lateral, onde alguns carros estavam estacionados sob a luz rosada sombria de alguns postes anêmicos. Um dos carros, ele notou, estava estacionado mais longe na quadra, afastado dos outros, escondendo-se nas sombras de uma magnólia gigantesca que se inclinava como um bêbado por cima da calçada.

— Onde eu estacionaria se não estivesse fazendo nada de bom? — perguntou ele para si, desacelerando e seguindo em uma corridinha.

Na verdade, parecia mais um trote. Erguendo os pés mais do que o necessário, dando passos mais curtos que vinham naturalmente. Nada para ver por aqui, apenas um sujeito querendo tomar um ar fresco só de camiseta a uma hora da manhã. Então, na esquina em que o próprio Theo virara para voltar para o bar vindo do cemitério, passou um homem com um casaco comprido. Estava longe demais para Theo ver se tinha barba ou carregava uma pá. Só existia um jeito de descobrir, pela lógica de Theo, e ele continuou trotando naquela direção. O homem no casaco fez um caminho direto até o carro estacionado sob a magnólia — um Honda--sei-lá-que-modelo, enferrujado e maltrapilho, de algum ano de fabricação antes de Theo nascer. O tipo de carro cujos motoristas eram adjuntos, desistentes ou eram Hannah. Ele a convencera a lhe dar uma carona uma ou duas vezes, e uma ou duas vezes ele a convidara para subir até seu apartamento. Em retrospecto, transar com Hannah era uma loucura ainda maior do que transar com colegas de trabalho, só pelo fato de que *ela* era louca. Não era uma foda de que ele se esqueceria fácil, mesmo que ela sempre tivesse desaparecido quando ele acordava pela manhã, como se nunca tivesse estado lá.

O homem com o casaco andava devagar, arrastando os pés. Ou talvez arrastando uma pá. Theo não conseguia ver o que era, mas ele observou o homem destrancar o porta-malas, jogar algo lá dentro e fechá-lo. Ele viu Theo vindo em sua direção e se apressou para destrancar a porta do motorista. O carro era tão velho que ele precisou fazer à moda antiga, enfiando a chave na tranca e sacudindo a fechadura até que virasse. Theo continuou correndo, passando pelo carro e desacelerando pela rua. A porta se fechou. Ele continuou dando uma corridinha mais para longe, os músculos contraindo-se diante do frio. Ouviu o motor engasgar e travar, engasgar e travar. Na terceira tentativa, o carro fez um barulho como um rosnado obsceno e então se calou. Ora, ora.

Theo deu meia-volta no fim da rua, trotando de volta pelo caminho de onde viera. A melhor forma de se aproximar era diretamente, pelo menos quando se tinha um metro e noventa de altura e se estava razoavelmente confiante na própria habilidade de expulsar meia dúzia de ratos de fraternidade bêbados do seu bar todo final de semana. No entanto, como um lembrete desagradável do Incidente Hostil de terça-feira, e o fato de que ele não tinha mais vinte e poucos anos nem era invencível, o joelho começara a doer. O Beligerante não deveria ter dado nenhum problema para ele — pelo amor de Deus, era magricela, de óculos e estava vestindo um *terno* —, mas ele chutara e gritara como um homem possuído até que Theo conseguisse prendê-lo

A HORA MORTA

contra o bar e segurá-lo ali com um mata leão de um braço só até ele desmaiar. Pensando melhor naquela audácia, Theo desacelerou o passo e se aproximou do coveiro com mais cautela.

O carro evidentemente desistira de viver. A luz interna estava ligada, mas o motor estava frio. O coveiro estava sentado no assento do motorista, apoiado no volante, ainda segurando a chave na ignição com um aperto frouxo. Theo bateu de leve na janela. O homem deu um sobressalto, alarmado, e Theo abriu as mãos para mostrar que estavam vazias. Percebendo tarde demais que um olho roxo rançoso poderia ser levemente alarmante, Theo abriu um sorriso enorme para o coveiro até ele abaixar a janela.

— O carro não ligou? — perguntou ele. — Desculpa te dar um susto. Achei que poderia ajudar.

— Obrigado, mas não sei como você poderia fazer isso. — O homem passou a mão pelo cabelo e coçou a barba.

Ele parecia ter cerca de quarenta anos, mas poderia parecer mais jovem sem as olheiras gigantes sob os olhos. *Ei, nós estamos combinando!* Parecia ser a resposta errada, então Theo não mencionou nada. Ele indicou a rua com a cabeça, na direção da civilização, o sinal vermelho no cruzamento com a Azaleia.

— Se a ajuda for esperar pelo guincho em um lugar quente e uma bebida para afogar as mágoas, então é por conta da casa.

Ele não sabia se o coveiro iria reconhecê-lo. A maior parte das pessoas que andavam pelo lado oeste do campus o reconheciam. Theo poderia até mesmo ter servido uma bebida antes para esse homem, mas ele só se lembrava dos clientes fiéis e dos baderneiros.

O coveiro hesitou. Esfregou os nós dos dedos nos olhos, como se o ajudasse a acordar daquele pesadelo em particular. Quando ele os abriu outra vez e viu que nada tinha mudado, deu um suspiro.

— Tudo bem. Talvez não ajude, mas provavelmente não vai piorar as coisas.

— É isso aí — disse Theo. — Venha comigo, por aqui.

O coveiro saiu do carro e o trancou outra vez, depois de se atrapalhar e se remexer. Não parecia valioso o suficiente para alguém roubar nada ali, mas afinal o que Theo sabia? O homem tinha segredos. E que homem não tinha? Ele decidiu que não iria julgar — e então percebeu, com uma sensação irrequieta, que Edie não dissera como ela sabia que esse homem era o coveiro. Talvez o próprio Theo precisasse começar a escavar algumas verdades.

Eles andaram rapidamente, com as mãos nos bolsos, trocando amenidades sobre o bar, o carro, o que mudara na cidade ao longo dos anos e o que não mudara. Pela conversa, o coveiro morava ali há tanto tempo quanto Theo.

— Já veio no Rocker Box antes? — perguntou Theo, segurando a porta aberta para um sopro de ar quente e conversas altas virem ao encontro do frio.

— Ah, acho que não. Eu não saio muito. Na maioria das noites, trabalho até tarde.

— Que tipo de trabalho?

Porém, seu companheiro foi compreensivelmente distraído pela loira encharcada atrás do bar usando um roupão vermelho de seda. Chelsea ergueu o olhar do caixa bem a tempo de ver Theo e o seu novo amigo entrarem. Perplexidade e raiva batalhavam na expressão dela, e enquanto o coveiro estava ocupado olhando para ela — não tanto lascivo quanto atônito, como se não tivesse muita certeza se, na verdade, estava mesmo sonhando — Theo começou a fazer mímicas pouco dignas atrás do homem. Tentou sinalizar: *Fique de boa, eu cuido disso, estou te devendo uma, desculpe por ser um desgraçado*. Ela balançou a cabeça, o Olhar Fulminante de volta com tanto ódio que ele pensou que seria transformado em pedra onde estava, e então ela se virou, batendo a conta na frente do cliente com uma violência desnecessária.

— Normalmente, ela é um charme — disse Theo, mas só quando teve certeza de que ela estava absolutamente fora do alcance da conversa. — Derrubei uma bebida em cima dela mais cedo e ela ainda não me perdoou. Olha, senta aqui. — Ele indicou um banquinho para o coveiro na parte mais solitária do bar. — Escolha seu veneno.

— Você é quem manda.

— Estava torcendo para ouvir isso. — Theo pegou uma coqueteleira. — Posso ver alguma identificação? Preciso pedir caso você seja um policial à paisana. Não posso perder a licença do bar.

— Claro, claro.

O coveiro vasculhou o bolso interno do casaco e entregou um cartão. Theo o examinou e o devolveu.

— Preciso ver algo que tenha sua idade, cara.

— Ah. — O homem substituiu a carteirinha de estudante pela carteira de motorista. — Desculpe.

— Fazem você trabalhar com as mãos a essa hora da noite? — indagou Theo.

O coveiro olhou para baixo, notando na luz fraca do bar, que mostrava a sujeira embaixo das unhas, o resíduo escuro do solo pressionado nas linhas da palma da mão. Ele pigarreou.

— Controle de pragas. É mais fácil fazer isso nos prédios da universidade quando estão vazios.

— Aposto que sim. O banheiro é por ali se quiser se lavar. — Theo apontou na direção dos fundos.

— Certo — disse o homem, descendo do banco. — Isso. Obrigado.

Theo o observou passar pela multidão, e então virou-se de costas para o resto dos clientes e tirou o celular do bolso. Estava vibrando sem parar contra a bunda como um enxame de abelhas desde que ele entrara no bar. Trinta mensagens não lidas, todas no grupo dos Anacoretas. Ele passou por meia dúzia de variações de MDS e CARALHO QUÊ??? de Tamar e um que delícia de Hannah antes de abrir a imagem mandada, é claro, por Edie. Ele quase derrubou o celular.

— Uau. Acho que isso é um jeito de controlar pragas.

Ele já vira ratos antes, mas nunca daquele jeito.

— Eu consigo pensar em algumas pragas que gostaria de controlar. — Chelsea deu uma cotovelada nele ao passar para pegar a granadina. — Se você não vai me ajudar enquanto seu namorado está aqui, dá para *ao menos* sair do meu caminho?

Ela pareceu não precisar de uma resposta, o que era bom, porque ele não tinha nenhuma. Tudo que tinha era mais perguntas. Porém, ele conhecia alguém que estava no ramo de perguntas-e-respostas. Theo passou o olho pelo grupo, correndo para terminar e digitar: Não li tudo, mas peguei o cara. Ele olhou na direção do banheiro, tirou uma foto da identificação do coveiro e enviou, depois, colocou o celular de volta no bolso e pegou o vermute.

Quando o coveiro voltou, Theo devolveu a carteira de motorista para ele e deslizou um copo alto gelado pelo bar.

— Experimente esse aí — disse Theo, convenientemente esquecendo-se de mencionar que ele fizera a bebida ter um tamanho três vezes maior do que o normal. Confiando que ele não saberia a diferença.

— O que é? — perguntou o homem.

Theo se inclinou sobre o bar, apoiando os cotovelos e abaixando a voz.

— Chamamos de Acorda Cadáver.

O olho esquerdo do coveiro deu uma tremida satisfatória. Theo voltou a se endireitar.

— Claro que essa é a variação Pavlopoulos em cima da versão número um do drinque *Corpse Reviver* — disse, de volta aos negócios e ignorando o celular, que vibrava sem parar no seu bolso. — Não é tão popular quanto a variação número dois, mas é uma saideira melhor.

Em vez do gole experimental, o coveiro deu um gole grande, exatamente o que Theo queria. Ele fizera a bebida maior, mais forte e mais doce do que tinha qualquer direito de ser. Queria que descesse tranquilo.

— É gostoso, sim.

— Fico feliz de ouvir isso.

— O espelho no banheiro está quebrado, aliás — informou o coveiro. Outro gole grande. Ele limpou a barba com um guardanapo de coquetel. As mãos já estavam um pouco oscilantes, se Theo não estivesse imaginando coisas. — Supostamente, dá azar.

— Acredite em mim, foi azar mesmo.

— O que aconteceu?

— Não sei se você anda acompanhando as notícias — disse Theo.

Já estava começando a fazer outra bebida. Se ele pudesse fazer a conversa fluir, conseguiria substituir um copo vazio com um cheio sem que o coveiro sequer notasse. Como Indiana Jones, trocando um saco de areia por um ídolo de ouro inestimável.

— Nós tivemos um Incidente Hostil alguns dias atrás.

O coveiro lentamente baixou o copo.

— É, acho que ouvi falar disso. Mas os detalhes são meio vagos.

— Então somos dois. — Theo já contara aquela história tantas vezes que, nessa altura, era quase rotina. — Ele estava sentado meio onde você estava. Um cliente de sempre, imperceptível até terça-feira passada. Quando chegou à meia-noite, estava pescando em cima da bebida como se fosse cair no sono. Ele se levanta e vai até o banheiro. O doutor Jekyll entra. Fica lá um tempo.

Alguém bate na porta, e *vrau*. — Ele bateu uma mão na mesa, só para fazer o coveiro dar um pulo. — Quem sai é o senhor Hyde. Uivando. Uivando tipo... eu lá sei. Não é um som que eu ouvi outro ser humano fazer. Batendo em tudo e todos que estavam perto o bastante. E não foi só com os pés, não. O cara queria sangue. Tentou afundar os dentes nas pessoas.

O coveiro balançou a bebida no copo, puxando o colarinho como se estivesse apertado demais.

— E o que foi o gatilho?

— Sabe, faz dois dias que eu estou questionando isso. Ou, no caso, minhas três costelas rachadas estão perguntando.

O coveiro riu, relutante.

— Espero que esteja recebendo um adicional de insalubridade.

Theo deu de ombros.

— É parte do trabalho. Se você quiser ver carnificina de verdade, precisa voltar no Halloween. — Ele abriu um sorriso. O charme em pessoa. Deslizou outra bebida pelo bar. — Ou talvez eu te ligue... se eu precisar remover outra praga.

1:40 AM
Tamar

Diferente da biblioteca, que era muito frequentada na temporada de provas semestrais, a recepção do hotel era um marasmo sem fim. Era um dos melhores hotéis na cidade, direcionado a palestrantes convidados, pais fazendo visitas e estudantes atletas convocados. Era provável que nenhum desses fizesse check-in durante o turno de Tamar, deixando-a com nada além de atender ao telefone, esse que raramente tocava. Então, ela tinha bastante tempo para ficar olhando o celular entre partidas diferentes de paciência em um computador quase centenário. Durante as primeiras semanas de trabalho, ela gastara o tempo preenchendo formulários em sites de emprego, que já tinham pedido para ela mandar o currículo com todas as mesmas informações, na esperança de conseguir um trabalho de verdade.

Um ano, um divórcio e precisamente uma única entrevista depois, ela desistira de fazer alguma coisa mais empolgante com seu diploma de biblioteconomia do que a inserção banal de dados e ocasionalmente reorganizar suas estantes de acordo com sistemas de classificação diferentes. Ela já se entediara com a classificação Decimal de Dewey e a Biblioteca do Congresso e estava considerando se aventurar pela Classificação Decimal Universal só para se ocupar. Não que depois de um dia de dupla jornada ela tivesse energia, sem contar a suspeita de uma gigantesca crise de depressão com aspectos de melancolia. Ela não era médica, e os únicos médicos do plano de saúde que poderiam fazer um diagnóstico formal tinham uma lista de espera tão gigantesca que era mais provável ela conseguir um emprego com melhores benefícios do que marcar uma consulta. Porém, desde que ela fizera a transferência para a Biblioteca de Ciências Médicas para diminuir o seu tempo de trajeto entre um balcão e outro, ela começara a folhear a quinta edição do Manual Diagnóstico e Estatístico de Transtornos Mentais apenas por curiosidade mórbida.

Perguntando-se que diagrama de Venn de códigos de diagnósticos poderia se aplicar a ela, aos pais, aos irmãos e à ex-esposa.

Ultimamente, ela até começara a fazer diagnósticos amadores das poucas pessoas que ainda considerava como amigos, incluindo os Anacoretas. Edie parecia uma candidata óbvia a um transtorno de ansiedade generalizada. Tuck, talvez um caso de transtorno de personalidade esquiva. Theo parecia alguém irritantemente neurotípico, exceto pelo vício em nicotina e o distúrbio de sono que todos tinham em comum. Enquanto o resto poderia culpar as tendências noturnas em fatores externos óbvios, apenas Hannah parecia se encaixar no critério de uma verdadeira insone. Talvez com traços de sociopatia, mas a indiferença inabalável à existência poderia ser um efeito colateral de depravação de sono perpétua. Pelo que Tamar sabia, Hannah nunca dormia, e Tamar era a única outra Anacoreta que passou uma noite inteira na companhia dela. Que ela sabia.

A resposta de Hannah ao histerismo no grupo de conversa foi previsivelmente sarcástica. *Um sucesso estimulante à iniciativa de compostagem no campus.* Tamar poderia ter ficado sem ver a foto cheia de zoom do rato morto que Theo já batizara de "Tuck Júnior". Uma substância branca leprosa ficara acumulada nas orelhas, na boca e no focinho. Porém, eram os olhos a coisa mais perturbadora — cada miçanga preta brilhosa incrustrada por uma camada de substância clara ulcerosa de... chagas? Esporos? Ela não conseguia identificar pela foto, enviada do celular flip pré-histórico de Tuck, em vez do de Edie. Uma segunda foto foi mandada em seguida, de um enorme mural esquisito que supostamente retratava Santo Antônio. *Parece a mesma substância?*, perguntara Edie por mensagem. Tamar não entendeu do que ela estava falando. Parecia apenas um pesadelo digno de Bosch para ela. Porém, a terceira foto foi enviada por Theo, junto a uma pergunta: *Tamar, você conhece?*

Ela encarou a foto com afinco. A identidade pertencia a um homem chamado Tom Kinnan. Tinha um metro e setenta e oito de altura, cabelo castanho, trinta e quatro anos, e usava uma barba pontuda que não caía bem no rosto dele.

— Tom Kinnan...

De fato, ele parecia familiar, mas Tamar não tinha certeza do motivo de Theo ter lhe perguntado diretamente, até que ela percebeu — ele era um estudante. Ou, talvez, do corpo docente, assim como ela. Não importava. Ela sabia exatamente onde o encontrara.

Sim!, ela respondeu e largou o celular no balcão, voltando a olhar o computador. Tamar fechou o jogo de paciência e abriu uma nova aba no navegador. Ela não conseguia acessar a informação de um usuário da biblioteca de um terminal externo, mas, pela idade, ele provavelmente era ou estudante da pós-graduação ou um professor adjunto, então, se Kinnan tivesse alguma publicação, ela poderia encontrá-lo.

Enquanto esperava a página carregar, Tamar listou tudo o que conseguia se lembrar sobre Tom Kinnan do tempo que passou atrás do balcão da biblioteca. Ele tinha uma nova pilha de livros para devolver ou pegar toda semana. Apesar de trabalhar até tarde, ele também trabalhava cedo, logo, sempre estava com um café na mão, lutando uma batalha perdida contra as olheiras embaixo dos olhos. Um sentimento que Tamar conhecia muito bem, e era parte da razão de ele ter permanecido nas lembranças dela.

Assim que o computador decidiu cooperar, ela abriu o diretório da universidade e passou a vasculhar o perfil dele no departamento. Era um doutorando em psiquiatria e trabalhava como assistente de pesquisa da doutora Heather Lockley, que tinha um consultório no Centro Calhoun. Fez graduação na Universidade da Pensilvânia e mestrado na Rutgers. As áreas de interesse incluíam ritmo circadiano e endocrinopatias, biologia de sistemas, além de medicina alternativa e complementar. Ela clicou na aba de publicações e encontrou uma longa lista de artigos, na maior parte como coautor de Lockley; os títulos abarrotados de jargão técnico para que Tamar conseguisse entender do que se tratavam. O mais recente era sobre "As propriedades hipnóticas e antiespasmódicas de *C. burranicum* alcaloide". Ela foi mais a fundo, anotando os vocábulos-chave no bloco de anotações cor-de-rosa que ficava do seu lado. Quando chegou ao fim da página, fechou a aba do diretório e logou em sua conta da biblioteca.

Depois de tentar e fracassar em encontrar um emprego melhor, tentar e fracassar em dar um jeito no seu casamento, tentar e fracassar em parar de fumar, tentar e fracassar em cuidar de si mesma enquanto se afundava cada vez mais na areia movediça que era a letargia depressiva, Tamar começara a se considerar, no geral, um fracasso. Seu único talento real era rastrear informações difíceis. Ela começou no laboratório de computadores no ensino médio, com uma competição para ver quem conseguiria chegar na página de "Jesus" na Wikipédia com menos cliques possíveis, usando apenas os links conectados no próprio site, como um sapo pulando de um nenúfar ao outro para atravessar um lago. Ela tinha uma aptidão natural

A HORA MORTA

bizarra para decifrar dados bibliográficos crípticos. Porém, o verdadeiro segredo para encontrar rapidamente o que se queria era começar com a pergunta certa. Se aprendesse a manipular alguns mecanismos de busca avançados, era possível se poupar de muitas horas de trabalho ao procurar uma agulha em um palheiro.

Ela encontrou artigos de Kinnan e Lockley distribuídos por um punhado de revistas médicas e científicas. Leu os resumos de maneira atravessada, e mesmo esses eram alienadores — exigiam um tipo de conhecimento seleto de bioquímica. Não era o seu ramo da ciência, mas identificou algumas palavras-chave recorrentes para fazer uma nova busca mais adequada ao público geral. Para surpresa de Tamar, o primeiro resultado não veio de nenhuma das enciclopédias de melhor reputação que digitalizavam o próprio conteúdo, mas de um artigo publicado no *Belltower Times* cinco anos antes. Ela franziu o cenho, sem ter certeza do que qualquer um dos termos que usara na busca tinha a ver com a manchete de "Dois dormitórios ao sul fechados devido a danos estruturais". Foi apenas ao final do artigo que ela encontrou o que estava procurando: *C. burranicum.* Diversos estudantes foram entrevistados e relataram os sintomas desagradáveis e perturbadores de exposição e a inconveniência da evacuação forçada, mas um deles em particular tinha outra preocupação: "De acordo com Wes Tucker, estudante do segundo ano de biologia, '*C. burranicum* é uma espécie endêmica — não cresce em nenhum outro lugar'. O aluno foi forçado a sair do seu dormitório no quarto andar no Coblin Hall, 'Matá-lo seria, tipo, cometer genocídio micológico', acrescentou".

Um link na nota de rodapé direcionava para uma lista de outros artigos sobre prédios fechados no campus devido a infestações de fungos. Tamar não sabia se deveria ficar surpresa ao ver um artigo de alguns meses depois que listava o Centro Calhoun como um dos prédios atingidos. Esse artigo vinha com uma imagem. Ela pegou o celular e deu zoom na foto do mural que recebeu de Edie, comparando-a à foto padrão publicada no *Belltower Times*, que mostrava uma substância esbranquiçada com textura desmanchada surgindo de uma fissura em uma parede de pedra. Parecia um pouco com uma couve-flor apodrecida, e se parecia muito mais com a expansão vegetal que surgia entre as rachaduras do mural da Anacoreta.

Tamar se recostou na cadeira, tamborilando os dedos nos braços por um instante. Havia um tipo de conexão ali — ela só não a encontrara ainda. Ratos. Fungos. Farmacologia. Testes em animais parecia ser uma resposta óbvia, mas por que enterrá-los no cemitério da igreja no meio da noite? Kinnan estava obviamente enterrando evidências, mas do quê? Ela olhou para o relógio. Não iria encontrar respostas sentada na recepção de um hotel. Ninguém mais estava compartilhando o turno com ela, mas ninguém estava agendado para fazer um check-in. Tamar olhou para a câmera que monitorava o saguão e a recepção. Ela só tinha direito a uma pausa de vinte minutos, e a Biblioteca de Ciências Médicas ficava a uma caminhada de dez minutos de distância. Não era tempo o suficiente para ir até lá e voltar com qualquer coisa que valesse a pena, mesmo que fosse correndo. Tamborilou os dedos nos braços da cadeira outra vez. Pensando. Perguntando o que ela tinha a perder além de um trabalho de merda. A alça do sutiã escorregou pelo ombro, saindo debaixo da manga da camiseta polo padrão do hotel que era de um verde-cocô. Ela deixou que ficasse pendurada ali, não de um jeito sexy, estava mais para eu-tenho-esse-sutiã-há-mais-tempo-do-que-tenho-esse-emprego. Ao menos não parecia sexy até uma hora atrás, quando Hannah se inclinara em cima do câmbio do carro escuro e o deslizara de volta até a curva do ombro. Às vezes, Hannah dava uma carona na ida ou na volta do trabalho, e era só isso. Só que nem sempre.

O celular vibrou no balcão. Mensagem de Edie:
E aí???

Tamar mordeu o lábio inferior. Escreveu de
volta: Ainda não tenho certeza. Ela então pegou o
link com a série de artigos que encontrou no *Times* e mandou para o grupo, com uma mensagem:
Tuck, o que mais você sabe sobre burranicum?
Reticências apareceram lentamente na tela.
Por quê?
Ela enviou o link do departamento de Kinnan.
Porque Kinnan sabe de algo que a gente não sabe.
E Tamar queria saber o que era. Ela olhou o relógio outra vez, a curiosidade atiçando no sangue.
Foda-se. Eles poderiam demiti-la. Tamar não
estava nem aí, porque, de súbito, solucionar o mistério das várias dúzias de ratos era tudo que importava em sua vida. Ela posicionou a plaquinha de
plástico com os dizeres VOLTO EM VINTE MINUTOS
no balcão e pegou o casaco.

Do lado de fora, o frio a abraçou como um lençol de vento. Ela andou rapidamente, puxando o
colarinho para cima na tentativa de afastar a brisa
de dedos gélidos que a acariciava nas bochechas. O
frio, porém, era revigorante. Sentindo-se deliciosamente irresponsável, ela pegou um cigarro e o
acendeu. Quem é que ligava se ela estava a trinta
metros de meia dúzia de prédios da universidade?

Que os otários dos policiais do campus viessem para algemá-la. A nicotina fazia o cérebro vibrar, e fez ela piscar os olhos, abrindo-os com força.

Ela jogou a bituca na lixeira na entrada dos fundos da biblioteca e passou o cartão para abrir a porta. Se alguém perguntasse o motivo de ela estar lá depois do horário de funcionamento, diria que esqueceu alguma coisa — os óculos, o carregador de celular, a ética profissional. Tanto faz. Ela acendeu as luzes em cima do balcão de circulação, ligou o computador e observou todos os paywalls de artigos serem destruídos. Dentro da Biblioteca de Ciências Médicas, ela conseguia acessar qualquer publicação científica grande e até alguns materiais que não haviam sido publicados. Fazer uma busca geral no banco de dados por "*C. burranicum*" resultou em alguns guias de vida selvagem regionais e alguns capítulos em livros maiores sobre micologia, ficologia e farmacologia. Ela vasculhou os resumos de artigos por qualquer coisa que parecesse relevante e imprimiu algumas páginas promissoras na impressora mais próxima. Em seguida, adicionou a palavra "rato", só para ver o que acontecia. O resultado reduzia para um: uma tese de mestrado da Rutgers, escrita por ele mesmo — Tom Kinnan. "Potencialidades terapêuticas de fungos liquenizados: *C. burranicum* e o Sistema Nervoso Central."

Ela baixou o PDF e procurou por qualquer menção a "ratos" no texto. O primeiro de diversos resultados foi destacado na última linha do resumo: "testes preliminares em ratos Long-Evans machos não indicam efeitos colaterais adversos".

— Bingo — disse Tamar.

Ela apertou o botão de imprimir, fechou todos os bancos de dados externos e então entrou no sistema de empréstimos da biblioteca. A atividade na conta de Kinnan era relativamente constante; ele tinha quase duzentos livros emprestados, e requisições de capítulos o bastante para entupir o canal do sistema integrado de bibliotecas por semanas. Ela mandou imprimir outra vez, apagou as luzes e pegou a tese e o histórico de circulação da bandeja da impressora a caminho da porta.

Tenho algumas respostas – e muito mais perguntas, escreveu no grupo. Talvez precise de um especialista.

Theo foi o primeiro a responder. Tenho um, mas talvez eu tenha embebedado ele demais para falar.

Hannah foi estranhamente rápida para responder. Talvez você só esteja perguntando de um jeito legal demais.

Tamar sentiu um calafrio, mas não foi por causa do frio.

2:20 AM
Hannah

Hannah dirigia um Toyota preto detonado que fora desmontado e remontado tantas vezes que representava um dilema filosófico. Ainda era o mesmo carro que ela comprara a preço de banana tantos anos atrás? Durante a última década, tinha sido seu único companheiro constante. Amigos e amantes vieram e foram embora, mas o Toyota era para sempre. Quando quebrou pela primeira vez, ela se matriculou em uma aula de oficina e pediu o guincho para levá-lo à garagem no campus. Foi a última aula em que se matriculou. Depois, ela se inscreveu em um programa de treinamento de técnicos automobilísticos e todos os aplicativos de transporte privado que estavam aceitando motorista. Cinco anos depois, ela ganhava a vida embaixo do capô e atrás do volante, e nunca voltou para conseguir um diploma "de verdade". Para quê? O Toyota e uma caixa de ferramentas eram a única coisa de que ela precisava para sobreviver, e a maior parte dos trabalhos "de verdade" que exigiam um diploma "de verdade" não eram compatíveis com o seu ritmo circadiano de qualquer forma. Ela raramente andava por aí durante as horas diurnas, adaptada a uma existência noturna por necessidade.

O sono se esquivava de Hannah desde a infância. Ela passou inúmeras horas sombrias retorcendo-se no domínio dos pesadelos, aos gritos, e encolhendo-se de alguma ameaça invisível até que fosse mergulhada em água gelada sem cerimônia alguma. Quando chegou aos dez anos, os pais já tinham completamente desistido de qualquer treinamento de sono promovido por todos os psicólogos infantis e a abandonaram sob a supervisão da tv até altas horas. Aos vinte anos, ela desistira de qualquer ajuda para dormir que prometia que aliviaria os sintomas de insônia. E, quando chegou aos trinta, desistira de tentar, cansada de estar cansada, cansada de dizer às pessoas que estava cansada, cansada de ser bombardeada com conselhos imbecis sobre como sentir-se menos cansada.

Já tentou tomar banho quente? Tomar leite quente? E chá de camomila? Ler antes de dormir sempre funciona para mim!

Não, ô cérebro de cocô de passarinho – era o que ela queria dizer, e, às vezes, dizia. *Só estou tentando dormir desde o dia que nasci e jogar remédios caseiros para dormir no Google nunca me ocorreu como solução.* As pessoas falavam sobre melatonina como se fosse a porra de propofol. Hannah tentou todos os sedativos e calmantes que eram legalizados, e até os que não eram. Nada funcionava. Ela aprendeu a viver no crepúsculo permanente da psicose da privação de sono. A vida, se é que ela podia chamar disso, era uma experiência extracorpórea interminável.

A batida da caixa de som a ancorava no assento do motorista. Ela parou sob o farol vermelho no cruzamento entre a Foxglove e a Azaleia. Observou um grupo de alunas cambalear para atravessar a rua usando saias curtas demais para aquela temperatura, e saltos altos demais para conseguirem andar depois da bebedeira. Diferente delas, Hannah se adaptara à elasticidade líquida das horas depois da meia-noite. Os faróis que se aproximavam em ângulos impossíveis; a luz neon refratada em janelas e para-brisas. Cada sombra se esticava e se distorcia, como os reflexos em uma casa de espelhos no circo. As risadas, a música, todo o imbróglio humano abafado pelo peso da escuridão. Ela gostava mais do mundo assim.

O farol abriu, e ela tamborilou os dedos no volante enquanto levantava o pé do freio. Hannah contou todos os dedos, o que significava que, tecnicamente, estava acordada. Seus dedos tinham uma tendência perturbadora de sumirem ou se multiplicarem, de adquirir escamas ou garras, nas raras ocasiões em que ela saía de seu corpo sem perceber. A maioria das pessoas nunca atravessava as numinosas terras de ninguém entre o estado do sono e o despertar, onde as leis do universo físico se estilhaçavam. Hannah poderia ter sido guia turística, ali ou no plano terrestre. Dirigir por aí dia e noite durante anos a fio significava que ela conhecia cada beco sem saída e canto escuro que a região tinha a oferecer. O GPS dos carros de aplicativo tentavam dizer a ela para onde e como dirigir; mas Hannah sempre chegava mais rápido indo pelo próprio caminho. Porém, agora os bares estavam fechados, e ela completara sua última corrida da noite — exceto por uma.

A tela do celular se acendeu no porta-copos. Ela o silenciara horas atrás, a vibração incessante do grupo de conversa fazendo a pele dela coçar. Alguns dos clientes balbuciaram palavras arrastadas no banco de trás, questionando:

— É o meeeeu ou o seu?

Ela olhara para a tela, passara pelo turbilhão de mensagens recentes entre Edie, Tuck e Tamar com uma mão ainda no volante. Fotos de manchetes de jornal, publicações acadêmicas, a conta de Kinnan na biblioteca. Eles tinham sua metodologia, mas, assim como era o caso do GPS, Hannah conseguiria chegar lá mais rápido, sem o fardo das regras dos outros. Ela abriu a janela e acendeu um cigarro do maço enfiado na bandeja de fita cassete estourada, pois fumava onde bem queria, não precisava daquele teatrinho do cemitério da igreja, mas continuou voltando para lá por algum motivo. Ela parara de se perguntar o motivo, sem gostar muito das respostas plausíveis.

A navalha de Ockham.

Uma mensagem de Theo interrompeu todo o falatório entre Edie, Tuck e Tamar. Hannah, qual é a sua estimativa de chegada?

Dois minutos, ela respondeu. Leve ele para fora.

Quantas vezes ela fora convocada ao Rocker Box para levar algum bebum estragado de volta para casa de maneira segura? Vezes demais para contar.

Hannah desviou dos carros que vinham na direção dela, fez um retorno imprudente e então parou diante do bar com o pneu dianteiro praticamente beijando o meio-fio. O Toyota zumbia, impaciente;

nunca ficava parado por muito tempo. A calçada na frente do bar estava vazia — já estava tarde, e frio demais para alguém se demorar por ali. Ela se inclinou na porta com um cotovelo, jogando as cinzas do cigarro pela janela. Passou pelas suas playlists em busca de alguma música de fundo para se adequar à ocasião. Concrete Blonde, claro. Era o tipo de noite para tirar sangue.

A porta do bar se abriu. Hannah largou o celular e abaixou a janela do passageiro. Theo ajudou Kinnan a entrar no carro.

— Viu? O seu carro já chegou — disse Theo. — Você vai chegar em casa rapidinho.

Kinnan murmurou algo inteligível enquanto Theo abria a porta de trás do carro, empurrando a cabeça do homem para baixo, evitando uma pancada no teto. Ele ficaria com um déjà-vu lascado quando acabasse sendo preso. Hannah não tinha dúvida de que ele estava afundado até a alma em algum negócio ilegal. Os iguais se reconhecem, coisa e tal. Só que até aí, ela sabia mais sobre o coitado do Tom do que qualquer um dos outros — até mesmo Tamar. Não que alguém precisasse saber disso. Ainda não, pelo menos. Não até ela descobrir mais coisas.

— Obrigado — Theo agradeceu, fechando a porta do carro assim que os braços e pernas de Kinnan estavam devidamente dentro do carro.

— Faz parte do meu trabalho — disse ela, sarcástica.

Kinnan balançou no assento do carro, bêbado demais para notar qualquer coisa estranha naquela interação.

— Dirija com cuidado. — Theo lançou um sorrisinho fraco para ela.

Hannah mostrou o dedo do meio para ele e partiu, virando uma esquina de maneira brusca. Pelo retrovisor, ela via Kinnan balançar de um lado para o outro. Ele se acomodou no banco outra vez quando ela endireitou o volante, com a cabeça jogada para trás e os olhos fechados. Ela diminuiu o som da música até virar um murmúrio. Os faróis da outra direção floresciam no para-brisa, e então desapareciam. Depois, virou à esquerda. Então, à direita. Outra esquerda. Hannah continuou a observar a cabeça de Kinnan balançar como se não estivesse devidamente encaixada no pescoço. Depois de mais duas viradas, ele fungou, bufou e, por fim, começou a roncar. Hannah deu um sorrisinho convencido para o seu reflexo no espelho. Era como tirar doce de criança.

Ela virou em uma estrada estreita e sem placas, distante o bastante das luzes do centro da cidade, permitindo que a noite se acomodasse pesadamente sobre o carro. Nada de faróis vindo na sua direção — só o esquivo mercúrio prateado da lua minguante.

O celular de Hannah acendia e apagava no porta-copos enquanto o resto dos Anacoretas tagarelavam entre si, mas ela os ignorou. Aquela investigação estilo *Scooby-Doo* até poderia dar em alguns resultados em certa altura, mas por que esperar? As crianças poderiam continuar sendo enxeridas. Os adultos precisavam ter uma conversinha.

A floresta Bothell ocupava diversos acres de terra ao norte da cidade. De acordo com as placas, as trilhas fechavam ao pôr do sol, mas não havia cercas, portões ou reforço de segurança. Hannah pegou a primeira bifurcação depois do mirante, onde sempre havia um ou dois carros sediando as próprias indiscrições — tráfico de drogas, prostituição e os adultérios de sempre. Ela, por outro lado, estava preparada para fazer algo mais drástico se Kinnan não cooperasse, e não queria ser interrompida.

Estacionou o carro em um canto cheio de cascalhos sob os galhos de pinheiros. Deixou o motor ligado e o celular no porta-copos. Quando saiu do carro, a pele dela pareceu retesar para se defender do frio. Ela tomou todo o tempo do mundo dando as últimas tragadas no cigarro e então amassou a bituca sob a sola do sapato. Os troncos retos e escuros das árvores rodeavam o carro, uma névoa azulada espreitando por entre as raízes. O Toyota estava com o para-choque afundado naquela bruma. Hannah chutou o ar enquanto dava a volta no carro, como uma criança que dava pontapés na maré. Kinnan ainda estava dormindo, encostado na janela. Estava prestes a despertar de modo bem desagradável, mas ainda não.

Hannah abriu a porta de trás com cuidado, confiando que o nobre Toyota não a denunciaria. Não foi preciso escancará-la. Hannah nunca comeu ou pesou o suficiente, sempre foi esguia — um dos seus irmãos mais bárbaros ainda a chamava de Olívia Palito. Kinnan não ouviu ou sentiu que ela deslizara para o assento ao lado dele. Uma orelha estava encostada na janela, e a respiração do homem soprava um vapor branco no vidro. Por sorte, Theo não fizera o esforço de calçar as luvas em Tom. Saltando do bolso do casaco, como se tivesse sido guardado ali só por um instante, estava o celular dele, com uma mensagem de Heather: Tom, que porra está acontecendo?

Ora, ora. Um pouco informal para uma orientadora. Só que Heather — a querida Heather — poderia esperar.

Com cuidado, Hannah pressionou o dedão de Kinnan no leitor de biometria celular, apenas o suficiente para destravá-lo. Ele se remexeu, murmurando. Ela abriu as configurações e verificou quanto tempo tinha até a tela travar outra vez. Quinze minutos. Achava que não precisaria de tanto tempo, mas guardou o celular no bolso externo, onde poderia dar uma batidinha na tela caso precisasse. Kinnan continuava roncando. E com uma aparência horrível, o que a deixou feliz. Tinha mais fios grisalhos no cabelo desde a última vez que ela o vira, lentamente descendo pelo queixo e tentando esconder-se atrás da barba. A camisa dele estava com um botão faltando, mas tinha adquirido algumas manchas de mostarda inconfundíveis. O exigente senhor Kinnan se transformara em um desleixado. Nada disso ofendia Hannah. Era a profundidade, o peso, e a *facilidade* que ele ostentava para dormir. Bastou passar pelo caminho da roça que ele apagou. Ela lhe roubara a vida inteira, e ele nem sequer sabia disso.

Escutou a respiração dele. Comprida e lenta. Chafurdando como um porco na extravagância do descanso.

Hannah começou a suar frio, consumida por um súbito arroubo de ódio. O brilho suave e estranho do celular dela pulsava pelo carro. As árvores se reuniam, próximas, como criaturas curiosas. Hannah, outra vez em casa com os monstros. Ela pegou o cinto de segurança pela fivela e o passou uma vez ao redor do pescoço de Kinnan, e puxou com força. Ele se engasgou, acordando, os olhos saltando para fora do crânio como um personagem de desenho.

— Você se esqueceu de apertar os cintos. — Hannah o puxou com mais força quando ele começou a se debater.

Kinnan respirou com dificuldade, já cedendo diante da pressão. Estava preocupado com a possibilidade de ela talvez quebrar o pescoço dele antes de estrangulá-lo. Quem é que poderia saber? Ela nunca fizera isso antes, e, provavelmente, ele também não.

— Tenho umas perguntas para você, Tom — disse ela, com um puxão leve que ela esperava que fosse persuasivo. — Solte a língua e eu solto o cinto, entendido?

Ele gemeu, e Hannah tomou aquela resposta como um sim.

— Vamos começar com uma coisa fácil: você se lembra de mim?

Ele piscou, as lágrimas escorrendo até a barba, e conseguiu dizer:

— *Não.*

— Isso é irritante. Eu tento não ser o tipo de garota que alguém esquece fácil.

— *Não* — repetiu, engasgando-se.

Aquela raiva incandescente rasgava os nervos de Hannah como se fossem pontas duplas. Ela conseguia sentir o cheiro do próprio suor, e o dele.

— Sou um dos seus ratos de laboratório, Tom. Sou o fantasma de todos os ratos de laboratório passados.

Ele ficou imóvel e parou de se debater. Hannah soprou um beijo contra a orelha dele.

— Melzinho, agora se lembra de mim?

Projeto Doce Orvalho. Que nome charmoso eles tinham dado. Deve ter sido ideia de Heather, pois tinha aquela mesma doçura fria e grudenta. Insistia para que todos a chamassem de Heather, e não de doutora Lockley. Até mesmo os ratinhos ariscos como Hannah.

Kinnan ganiu como um cachorro e, mais uma vez, Hannah tomou aquilo como uma resposta positiva.

— Que bom. E os outros ratos, aqueles que você enterrou no jardim da igreja? Você não deve fumar, ou saberia que não deve fazer isso. — Ela afrouxou o cinto, bem de leve. — Fale alto! Não seja tímido.

— Nós sempre... fazemos eutanásia... nos animais do laboratório.

— Mas, normalmente, não cavam uma cova. Por que toda essa cerimônia?

Ele hesitou por tempo demais. Ela apertou o cinto com mais força. Resistindo ao impulso de apertá-lo ainda mais, e torcendo para que ele desse um motivo.

— Vai! Fala!

— Contaminados!

— Tente outra vez. — Ela deu um puxão brusco dessa vez. — É para isso que servem os incineradores.

— Não... tóxicos... não... infecciosos...

— Eu aceito "micológico" como a resposta, Tom.

O Projeto Doce Orvalho era uma maneira de explorar o potencial terapêutico de certo fungo liquenizado. Agora, estava tudo começando a se encaixar.

— Me fale sobre o *burranicum* — continuou Hannah.

Apenas uma olhadinha rápida no que Tamar descobrira havia sido o suficiente. Alcaloides *burranicum* agiam sobre o sistema nervoso central para produzir um efeito eufórico e soporífico. O Projeto Doce Orvalho recrutava pacientes com histórico de insônia crônica e resistente a drogas, e lhes pagava uma quantia irrisória por sua participação. Hannah não se importava com o dinheiro; ela não tinha mais nada a perder a não ser mais sono, então, assinara os formulários de consentimento sem nem ler.

— ... não consigo respirar...

Ela relaxou o aperto, mas pouco.

— Eu sei exatamente o que deveria ter acontecido — disse Hannah.

Heather explicara tudo em detalhes, *minuciosa* e abrangentemente. Ela acreditava naquele remédio. Poderia curar pessoas como Hannah, abrir a porta para a doce serenidade. Ela aplicava a maioria das doses pessoalmente, inclinando Hannah para trás na cadeira, erguendo uma pálpebra com um dedo enluvado. Espreitando embaixo do cheiro antisséptico do látex ficava um aroma de perfume que se prendia à pele branca e macia da parte interna do pulso. Laranja, baunilha e vetiver. Não era menos intoxicante do que a pipeta do soro esverdeado. Três gotas em cada olho e o mundo se dissolvia em sonhos caleidoscópicos. Quando ela acordava, Heather sempre estava lá, como se nunca tivesse ido embora, inclinada sobre ela com um lenço. *Fique parada*, dizia ela, com um sorriso tenro. *Ainda está com sono nos olhos.* Hannah se irritou com aquela memória. Ela não poderia deixar seu aperto afrouxar demais.

— Eu estou mais interessada no que *não* era para acontecer — prosseguiu Hannah.

— Você... dormiu. — Kinnan tornou a engasgar. Era insistente sobre isso. Ou talvez estivesse indignado. — O remédio... *funcionou*.

E funcionara mesmo, até encerrarem o programa sem aviso ou explicação.

— Estava... *ajudando* pessoas... como você.

Pessoas como ela. Ele conseguia dormir em menos de cinco minutos em um carro em movimento enquanto um estranho estava no volante. O que ele realmente sabia sobre pessoas como ela?

— Até não ajudar mais. — Ela apertou o cinto de segurança ao redor do pescoço grosso dele. Kinnan costumava ter um queixo. E ela costumava contar os dias até a consulta com Lockley, sempre pensando na próxima dose que receberia. Depois disso, voltou a contar as horas insones quando eles interromperam o programa sem mais nem menos.

— O estudo deveria durar três meses. Por que suspenderam?

— Muitos... efeitos colaterais... a longo prazo.

— Tipo o quê?

Eles interromperam o estudo semanas atrás. Ela tinha culpado as dores de cabeça, palpitações e visão borrada como sintomas de abstinência da droga. Ela sempre fora irritadiça — a insônia crônica fazia isso com as pessoas —, mas raramente tinha acessos de raiva. A raiva exigia energia. A raiva exigia esforço. Ela não podia arcar com os custos de gastar energia e esforços extras em mais nada, mas ela não conseguia mais se controlar. Ultimamente, ela estava com raiva.

— Foi isso que aconteceu com os ratos? —Hannah exigiu saber.

Quando Kinnan hesitou, ela apertou o cinto outra vez.

— Não! Dose diferente... nova fórmula...

— O que aconteceu com os ratos, Tom? — Ela deu um puxão no cinto.

— ... micotoxinas... atacaram... o neocórtex... mas... — falou Tom mais rápido, grunhindo e engasgando.

— Em língua de gente, Tom. Alguns de nós nunca terminaram a faculdade.

— ... comportamento social... normativo... falhando...

— Falhando como?

— ... agressão... hostilidade... canibalismo... Hannah passou a língua nos dentes. Ela sentiu o gosto de metal na boca.

— Quanto tempo demorou? — A palavra *hostilidade* ecoava entre os ouvidos de Hannah. — Para os ratos ficarem ruins?

Kinnan não respondeu, mas ela não mudara em nada a forma como o apertava. Ele estava começando a ficar sóbrio. Ela torceu o cinto, ouviu Kinnan engasgar-se. Engoliu outro ímpeto poderoso de continuar retorcendo mais.

— Quanto tempo, Tom?

— Eras — ofegou ele. — Não sabia... um período de incubação... tão longo. — A voz dele estava rouca, mas estridente. Quase guinchando. — Achamos... que era... seguro.

— Não estou nem aí para o que você achou.

A HORA MORTA

Eu quero saber quanto tempo tenho antes de me tornar um Incidente Hostil.

Não precisava ser um gênio para ligar os pontos, bastava preencher alguns dos espaços em branco. Diversas pessoas cansadas e tranquilas de repente ficando violentas. Ela engoliu em seco. O coração pulsava em sua garganta. Ela não sabia quanto mais conseguiria arrancar dele, e os quinze minutos estavam quase acabando.

— Quais são os sinais? — perguntou ela. — Antes que escale para dano cerebral completo?

— Eu já disse — arfou ele. — Hostilidade... agress...

— Antes disso. Outros sintomas, outros sintomas de que está avançando.

— Crescimento... micelial... — Ele estava dando duro para conseguir dizer tantas palavras complicadas com tão pouco ar. — Cegueira... temporária...

— Tem algum jeito de parar isso? De desacelerar?

— Não sei... nada... até agora.

Então Kinnan não tinha mais serventia para Hannah, que abriu a porta, soltou o cinto de segurança e empurrou o homem para fora do carro. Antes que ele sequer caísse no chão, ela bateu a porta e pulou de volta para o banco do motorista. O motor do carro roncou quando ela deu a ré na entradinha, voltando para a pista solitária e cheia de curvas.

Kinnan se colocou em pé e começou a gritar, mas ela não ia voltar.

— Não me espere acordado. — Ela olhou para o celular dele, ainda destravado, ainda brilhando de leve. A tela de fundo mostrava a data, a hora e a temperatura. A noite estava na metade do caminho para acabar, e o frio já não era frio bastante para matá-lo. Provavelmente. Ela observou o reflexo dele diminuir no espelho retrovisor até que as luzes traseiras vermelhas e fracas o abandonassem, e a escuridão o engolisse por inteiro.

E, então, ela respondeu Heather:

Não se preocupe. Está tudo sob controle.

3:30 AM
Edie

Edie persuadiu Tuck a voltar para a redação do jornal com o argumento de que ele deveria usar o kit de primeiros socorros da sala comunitária para desinfetar a mordida e os arranhões nas mãos, assim não precisaria acionar nenhum serviço de saúde. Theo ainda estava preso no bar e ficaria lá pelo resto da noite, por causa de um "árduo pedido de desculpas" que precisava fazer antes de fechar o estabelecimento. Não receberam notícias de Hannah desde que enfiaram Kinnan no carro dela. Sim, ela estava dirigindo, mas isso nunca a impediria de mandar mensagens antes. Todo mundo estava agindo fora do normal. Tamar simplesmente abandonara o balcão da recepção do hotel e não parecia preocupada com as consequências. Ela veio direto da biblioteca, e Edie a colocara para trabalhar junto a Tuck, na esperança de que poderiam juntar superpoderes esquisitos para conseguir decifrar a pesquisa de Kinnan. Se Tamar pudesse simplificar o jargão, talvez Tuck conseguisse desmistificar a ciência por trás. Edie apagou o quadro branco e, em seguida, escreveu nele com a caneta vermelha. Fatos? perguntava o quadro. *Salva veritate*. Até agora, a lista era curta.

Edie abriu uma terceira lata de Coca-Cola Zero. Talvez o refrigerante fosse a causa de seu câncer, e não os cigarros — se é que era câncer, provavelmente não era, estatisticamente falando. Fatos! Ela suspirou, e tomou a bebida mesmo assim. Fato: Coca Zero tem mais cafeína do que a Coca-Cola normal, mas ainda assim bem menos do que café. Fato: isso não a tornava saudável. Fato: Edie não estava nem aí. Se ela conseguisse fazer a história se sustentar, poderia dar a volta por cima. Se ela tivesse uma boa história, talvez conseguissem concorrer a outro prêmio. Se estivessem concorrendo a outro prêmio, seu valor como editora-chefe não estaria sendo questionado. Se o seu valor como editora-chefe não estivesse sendo questionado, sua autoestima provavelmente também não estaria. Se a sua autoestima ficasse um pouco menos abalada, talvez ela surtasse menos por causa do Caroço, que talvez não fosse nada. Provavelmente não era. De qualquer forma, ela não se importava com o tipo de carcinogênicos que precisava ingerir para isso acontecer — ela iria chegar ao cerne daquela história, mesmo que fosse a última coisa que fizesse. Fato.

Ela jogara uma pilha de salgadinhos na mesa da sala de reunião, além do kit de primeiros socorros. Tamar escolheu uma barra energética e uma garrafinha de água, e parecia completamente em casa com os óculos no rosto e o cabelo preso artisticamente no topo da cabeça com um lápis. Tuck, por outro lado, morou tempo demais na escuridão e na umidade para agora espremer os olhos e se encolher como uma salamandra nativa das cavernas sob as luzes fluorescentes brilhantes. Edie enchera os arranhões e as mordidas de peróxido de hidrogênio e anestésico local, mas as mãos dele continuavam tremendo. Ele comeu dois pacotes de M&M's de amendoim, um de cada vez, e abriu um terceiro pacote automaticamente.

— Eu não entendo. —Tamar estava com a tese de mestrado de Kinnan espalhada na mesa, e os trechos mais relevantes estavam destacados com marca-texto verde.

Já havia passado mais ou menos uma hora que estavam ali, e Edie tinha cerca de outras quatro horas antes de precisar sair correndo para buscar depoimentos se ela quisesse que a história estivesse online à tarde e impressa na manhã do dia seguinte.

— O que ele está tentando provar? — questionou Tamar. — De acordo com ele e de acordo com você, as propriedades sedativas-hipnóticas de *C. burranicum* são conhecidas desde antes da colonização.

Tuck balançou a cabeça.

— Mas não são nada conhecidas — respondeu de boca cheia, mastigando o chocolate. — É usado em medicina popular há séculos, mas esse é o problema da medicina popular, ela não tem regulamento. Então, tudo bem, se você está no meio da Guerra Civil, está liberado esmagar o fungo até virar pó e tomar junto uma cerveja antes do médico aparecer para amputar suas pernas. Mas não é uma ciência exata.

— Então é isso que Kinnan está tentando fazer? — sugeriu Tamar. — Transformar isso em uma ciência exata?

— Isso. É uma coisa em farmacologia, buscar pedaços de verdade na medicina tradicional para que possa ser engarrafada, rotulada e vendida para a indústria farmacêutica por um bilhão de dólares. E então é repassado para nós com um nome tipo *Xanotrax* ou *Ziphoquil* ou sei lá.

— Como se fosse uma apropriação cultural da biomedicina.

— Isso.

— Isso — disse Edie —, mas onde é que entram os ratos na história?

— Eu não sei sobre *esses* ratos. — Tamar olhou apreensiva para a geladeira, onde estavam fazendo o melhor para preservar o falecido Tuck Júnior, na remota possibilidade de que fosse útil —, mas, seis anos atrás, quando ainda estava na Rutgers, ele estava testando concentrações diferentes para determinar uma dose terapêutica. E ele teve bastantes problemas, na maior parte porque a tolerância individual é altamente variável.

— A biodisponibilidade de metabólitos nos fungos também nos atrapalha — pontuou Tuck.

— É por isso que a coisa do *burranicum* nunca foi para frente? — questionou Edie. — Tem muitos anestésicos bem melhores por aí.

— Ele não está interessado em anestesia — respondeu Tuck. — Olha só essa tabela. Ele está interessado em regulação do ritmo circadiano. Ciclos de sono.

— Mas ele também está interessado em hormônios. Aqui, esse apêndice é sobre isso. Parece que é esse o motivo de ele ter escolhido esse tipo de raça de rato de laboratório especificamente — explicou Tamar.

— Quê? — Edie olhou com uma expressão perplexa de Tamar para Tuck. Ela estudava jornalismo por um motivo.

— Os ratos long-evans são criados a partir da cruza de ratos de laboratório com ratos selvagens, o que os torna, pelo que entendi, mais próximos de animais selvagens no quesito comportamento, especialmente no social.

— Tem alguma coisa a ver com níveis mais altos de certos hormônios e respostas melhores a estressores externos — completou Tuck.

— Tipo quais? — perguntou Edie.

Ela já não estava entendendo. Ou talvez eles não a entendessem. Não dava para saber. Ela estava fazendo hora extra ultimamente, mas nunca ficava a noite toda, do crepúsculo ao amanhecer, mesmo que isso significasse tirar um cochilo com a cabeça apoiada em cima da escrivaninha. Longe da Anacoreta, a adrenalina se esvaíra, e a Coca Zero, apesar do quociente maior de cafeína, não estava ajudando a mitigar a fadiga.

— Carência de sono, por exemplo — respondeu Tuck.

Tuck começou a esfregar os olhos com a mão arranhada, e então pensou duas vezes. A pele já estava rosada e inchada. Quem é que sabia que tipo de presepada química ele poderia estar esfregando na córnea?

— Ele conclui que a concentração correta de *burranicum*, administrada da maneira certa, poderia ser uma alternativa eficiente e sem perigo de dependência a benzodiazepínicos ou medicamentos Z, e não olhar para o seu celular por meia hora antes de ir dormir — explicou Tuck.

— Só que naturalmente — acrescentou Tamar, passando para a última página da tese —, "pesquisas adicionais são necessárias".

— E é por isso que ele começou a trabalhar com a doutora Lockley no Centro Calhoun. — Edie selecionou o perfil acadêmico de Lockley no laptop e o projetou no quadro branco.

Ela era uma mulher em seus quarenta e poucos anos, levando em conta o ano em que terminara o doutorado. Usava o cabelo comprido — cachos castanhos e volumosos, pareciam um risco dentro do laboratório — e um par de óculos de casco de tartaruga gigantes que apenas enfatizavam seu apelo. Por mais defeitos que tivesse, Lockley era objetivamente linda. E pessoas objetivamente lindas poderiam distorcer as regras de modo que pessoas de aparência objetivamente medianas não conseguiriam. Fato.

E, de fato, a doutora Lockley tinha uma reputação de testar limites antes mesmo de ser contratada. Vasculhando as edições antigas do *Times*, Edie desenterrara um artigo sobre a nomeação dela.

"Neurologista dissidente entra para a equipe da Faculdade Pendell de Medicina." Ela ressaltara uma citação pessoal particularmente intrigante: "Outros expressaram reservas com relação a Lockley. Uma fonte no Centro Calhoun, que falou com o *Times* sob a condição de manter o anonimato, avisou que 'os métodos de Lockley são controversos por um motivo — é uma coisa perigosa trabalhar no limite do que conhecemos, e eu me pergunto se vale arriscar a reputação da instituição por isso'".

Um pouco de investigação na internet resultara em mais alguns artigos que babavam ovo em cima da pesquisa "pioneira" de Lockley e seus métodos "pouco convencionais". Os detalhes eram poucos e esparsos, mas a própria Lockley admitira em uma entrevista que conduzia "pesquisas" nas horas vagas trabalhando com formas diferentes de terapia psicodélica. "Eu ainda sou minha própria cobaia às vezes, claro. Na ciência e na medicina, gostamos de fingir que tudo é impessoal, mas, na verdade, é raro encontrar alguém com um interesse puramente acadêmico nessa área. Você se interessa porque é algo pessoal, e assim que transforma isso em uma profissão, precisa fingir que não é mais pessoal. Isso nunca me pareceu certo. Quem é mais adequado para um trabalho do que alguém que possui um interesse próprio nos resultados?", declarou ela, rindo da pergunta seguinte do entrevistador sobre a burocracia administrativa. "Bem, para ser alguém que inova, suponho que é preciso ser um iconoclasta. Galileu morreu em prisão domiciliar depois que sugeriu que a Terra girava em torno do sol, uma declaração que ia contra as leis sagradas de Roma."

Aquilo parecia bastante razoável para Edie, mas Tuck demonstrou uma reação muito diferente. Todos seus tremeliques e tiques nervosos se tornaram mais pronunciados, e a energia nervosa dispersa entrou em foco como um laser momentaneamente.

— *Isso* não é uma boa prática de ciência — disse ele, jogando um M&M na foto de Lockley. — Na verdade, é o tipo que deixa as terapias alternativas com má reputação. Eles ficam tão ávidos por explorar a porra do limite do conhecimento que acabam retrocedendo todo mundo em décadas. Pessoas como Timothy Leary, que mal podem esperar para fazer contrabando de tudo no laboratório.

Ele deu um peteleco em outro M&M do outro lado da sala e acertou o alvo. O doce bateu na testa de Lockley e desapareceu embaixo da geladeira onde o rato estava lentamente ficando duro.

— Espera aí! — Tamar endireitou a postura, como se tivesse sido eletrocutada, e Edie reconheceu a luz dos olhos dela, o que significava que as pecinhas do quebra-cabeça tinham se encaixado. — E se for exatamente isso que aconteceu aqui?

Tuck se deteve em meio do fôlego que estava puxando para o próximo discurso.

— O que foi isso que exatamente aconteceu aqui?

— Algo escapou do laboratório. — Tamar passou pelos papéis na mesa em alta velocidade, empurrando-os para longe do seu caminho assim que determinava que não eram o que ela procurava.

Edie cruzou os dedos embaixo da mesa e não disse nada, não queria correr o risco de interromper a linha de pensamento de Tamar.

— Tipo, por que enterrar os ratos? — questionou Tamar. — Por que não só incinerar tudo? Lockley pode gostar de se intitular como dissidente, mas desprezar essa norma não prova nada. Deve ter algum outro motivo.

— O que nos leva de volta para onde começamos — disse Tuck. — Para uma pilha de ratos mortos no cemitério; e sem ideia do motivo.

Ele atirou outro M&M no quadro branco. A mira dele era muito ruim, e Edie estremeceu quando o chocolate desapareceu atrás de um arquivo de fichas. Se ela não quisesse que ratos vivos aparecessem para se juntar ao seu camarada congelado, alguém precisaria aspirar a sala. Ela afastou aquele pensamento; era' para isso que serviam os calouros.

— Acho que não é bem *sem* ideias — disse Tamar. — Porque eu tenho uma ideia bem doida.

Isso fez Edie se lembrar de que ainda não tinham recebido notícias de Hannah, mas tentou não pensar muito no assunto.

— Por que não? — indagou Tuck. — Todo o resto dessa história é doida.

— A navalha de Ockham — respondeu Edie para ele. — Manda ver.

— Então, olhando para a conta de Kinnan na biblioteca, não tem nada muito extraordinária antes de seis semanas atrás. — Tamar repassou a pilha de papéis que ela imprimira. — Todo o material que ele emprestou e devolveu se encaixa no que sabemos que ele está trabalhando. Ciclo de sono e transtornos endócrinos, biologia de sistemas, medicina alternativa, blá-blá-blá. Umas coisas para as aulas que ele está lecionando, outras que parecem que podem ser para Lockley.

— Então, o que rolou seis semanas atrás? — Tuck franziu o cenho.

— Bem, cerca de seis semanas atrás, todas as palavras-chave mudaram, assim como o volume do material requisitado. Ele aparece a cada dois dias na biblioteca em vez de a cada duas semanas, e o que ele começa a ler dá uma guinada, hum, *macabra*.

— Macabra como? — perguntou Edie, olhando de soslaio para as mãos inchadas de Tuck, e para a geladeira em seguida. Não dava para ter certeza do quanto mais macabro as coisas ficariam.

— Quer dizer, Tuck é o micetologista, mas "fungo zumbi"? Parece bem sinistro para mim.

Um minúsculo sorriso apareceu na boca de Tuck.

— Eles atacam formigas, na maior parte. Eles se apoderam de seus cerebrozinhos para fazer as formigas ficarem em cima de plantas onde os fungos possam se propagar.

— Mas ele também está pesquisando sobre lesões corticais, epilepsia... algo chamado agressividade idiopática. — Os olhos de Tamar passaram rapidamente pelas páginas por mais um instante ou dois antes de ela erguê-los outra vez. — Eu não sou médica, mas parece coisa séria.

— Sabe o que mais lembra? — perguntou Edie.

Agora ela compreendia onde Tamar queria chegar. Ela estava certa — *parecia* loucura —, mas Edie estava disposta a segui-la até o fim. *Salva veritate!* No tempo que passou trabalhando no jornal, ela aprendera que a verdade quase sempre era mais estranha do que a ficção. Ela abriu uma nova aba, que imediatamente parou na página inicial do *Belltower Times*. Ela adicionou /incidentes-hostis ao final da URL e desceu pela série de matérias, lendo as próprias manchetes em voz alta.

— "Zelador do estádio ataca torcedores." "Briga começa na Feira de pequenos produtores." "Motorista em fúria na rua da Biblioteca." "Incidente Hostil mais recente fecha o Rocker Box."

— Espera aí — disse Tuck. — Você acha que Lockley e Kinnan estavam testando essa merda nas *pessoas?*

— Por que não? — questionou Edie. — Não é uma substância controlada. Cresce naturalmente por toda a Anacoreta. Estava crescendo no porão do seu dormitório. Você não disse que dava para comprar isso naquela loja natureba esquisita na Lupine?

— Não com esse tipo de dose concentrada. — Tuck balançou a cabeça em negação. — Ninguém está vendendo Soro de Fungo Parasita Psicoativo na Cura Espiritual Pague Menos. Precisa passar por todo o tipo de controle de qualidade antes de passar de cobaias animais para humanos.

— Sim, exceto se você for um dissidente — concluiu Edie.

— Isso explicaria o motivo de estarem enterrando os ratos em vez de incinerá-los. Não deixa provas, e ninguém desconfia de nada. Os ratos só se decompõem e, quando fazem isso, qualquer traço de *burranicum* volta para o solo, onde já está crescendo. Ninguém fica sabendo. — Tamar deu de ombros. — Não é um plano ótimo, mas Kinnan é um estudante, não um criminoso diabólico.

— Essa é a única teoria que explicaria todas as coisas — disse Edie.

— É uma puta teoria, mas, com exceção do rato morto, nós não temos nenhuma *prova* de verdade.

— Tuck atirou outro m&m no quadro branco.

Edie abriu a boca, mas foi impedida de responder pelos três celulares na mesa vibrando em uníssono. Mensagem para eles e para Theo, mas não no grupo de mensagens dos Anacoretas. Ela não reconheceu o número. Alguém enviara uma captura de tela de uma conversa de mensagens de texto. E depois outra, e mais outra. E então e-mails, relatórios de laboratório e histórico de pesquisa começaram a chegar.

— O que é isso? — perguntou Tamar.

— *Quem* é? — disse Tuck.

Edie não conseguia voltar ao topo rápido o bastante. Mensagens novas continuavam chegando.

— Parece que é... — começou ela.

— Não, como é que...

— Essas são mensagens de Kinnan para Lockley?

— Aquele e-mail com certeza é.

— Merda, esse aqui tem *fotos*.

— Caralho, quem é que está mandando isso?

— Espera! — Tamar arrancou o celular de Edie das mãos dela e foi voltando pelas duas correntes de mensagens lado a lado. — Qual é o código de área de celular para New Hampshire?

— É seiscentos e três — respondeu Edie depois de fazer uma busca rápida no computador. — Por quê?

Tamar ergueu o olhar.

— Acho que é Kinnan quem está mandando.

— Nem ferrando. — Edie agarrou o próprio celular de volta. Mais uma dúzia de imagens chegou.

— Olha aqui, onde Theo mandou a foto da carteira de motorista de Kinnan. Viu? New Hampshire. E o código de área? É seiscentos e três.

— Mas por que ele iria...

Os celulares de todos vibraram outra vez ao mesmo tempo. Uma mensagem de texto do misterioso seiscentos e três.

Tenho um puta furo pra vocês, otários.

— Não é o Kinnan. É a Hannah. — Inacreditavelmente, Edie se viu sorrindo.

Precisava ser. Edie nunca se sentira tão, tão feliz de ter notícias de Hannah. Ela bateu palmas, com força o bastante para fazer Tuck dar um pulo.

— Agora, sim, vamos começar — disse ela.

— *Agora?* — Tuck pareceu apavorado. — *Agora* vamos começar? São quatro da manhã, Edie!

— Então não temos tempo a perder — respondeu Edie, ainda passando loucamente por todas as capturas de tela enviadas pelo seiscentos e três. — Se a gente se dividir nas tarefas, vai acabar bem mais rápido. Vou começar a rascunhar uma matéria. Já passei tanto tempo nessa palhaçada de Incidente Hostil que consigo fazer isso de olhos fechados, se vocês dois conseguirem encontrar para mim algo incriminador que pode conectar os ratos raivosos de Kinnan com os outros Beligerantes. Parece bom?

Ela ergueu os olhos outra vez, e viu que os dois a encaravam. Tamar estava com as sobrancelhas franzidas, e Tuck coçava a nuca com uma mão inchada.

— Edie, não parece bom, não — disse Tamar. — Sei que você está empolgada para ter uma história, mas...

— Mas o quê? — Edie olhou de Tamar para Tuck.

— Eles não são só... Beligerantes ou Incidentes Hostis — disse ele. — São pessoas. Lembra disso? É meio por isso que existe uma história para começo de conversa.

O rosto de Edie ardeu como se ele tivesse lhe dado um tapa. O coração chacoalhou nos ouvidos. Ela nunca ficava sem palavras; as palavras escorriam dela sem parar, fluíam pela língua, pelos dedos e pelo teclado tão rápidas e fluidas quanto sua respiração. Porém, quantas vezes seu processador de palavras interno vencera seu próprio bom senso?

A HORA MORTA

— Eu... — balbuciou ela. — Desculpa. Desculpa mesmo. Você está certo. Desculpa. Eu... volto daqui a pouco, vou só fazer uma pausa. Quer dizer, vocês não precisam ficar. Desculpa.

Aquela parecia a única palavra que poderia dizer agora: *desculpa*.

Ela saiu da sala de reunião correndo e se fechou em sua sala. Ela não acendeu as luzes. O estômago roncou, desagradável. Refrigerante demais. Edie fechou os olhos, mas eles não ficavam parados, rolando e vibrando atrás das pálpebras da forma que faziam depois de muitas horas encarando uma tela. Ela dobrou os joelhos e se afundou no chão entre o arquivo e o lixo reciclável lotado. Latas de Coca-Cola e copinhos de café e folhas amarelas amassadas arrancadas do seu bloco de anotações. Ela sabia sem nem precisar olhar. Era uma criatura de hábitos.

Relutante, ela abriu os olhos. Há quanto tempo ela os fechara por mais tempo do que um simples piscar? Ela não queria saber. Ela se perguntou qual seria a sensação, pela primeira vez, e tarde demais, de estar tão desesperada para descansar para permitir que uma médica como Lockley pingasse um veneno experimental nos seus olhos? Ela abriu a última gaveta do arquivo. A pasta dos Incidentes Hostis estava mais para a frente. Ela a tirou dali e folheou outra vez, mais devagar, demorando-se em cada coluna, em cada página cheia de anotações das entrevistas.

Curtis Brandle trabalhava como zelador no estádio há doze anos. Não tinha uma ficha criminal ou histórico familiar de transtornos mentais. Os colegas de trabalho o descreveram como alegre. Ele gostava de escutar a banda The Pointer Sisters enquanto esfregava o chão. A filha dele estava cursando o segundo ano na faculdade.

Sandra Lanyon era babá antes de tentar estrangular um homem que estava à sua frente na fila da barraquinha do pomar. Os clientes dela a amavam como uma filha e confiavam nela o bastante para levá-la com eles nas férias de família. Ela estava estudando para se tornar fonoaudióloga e estava noiva de seu namorado do colégio. O casamento estava marcado para março.

Alma Pereira era a melhor intérprete médica que o pronto-socorro já tivera. Ela falava cinco idiomas e morara em mais países do que a maioria das pessoas saberia citar de cabeça. Ela escutava podcasts sobre cultura pop a caminho do trabalho, até um ciclista cortar a frente dela no trânsito, e ela tentar atropelá-lo.

Zack Taft tinha ainda um semestre para cursar no seu MBA, e planejava levar o que aprendeu de volta para o Maine a fim de modernizar o pesqueiro da família. Ele bebia apenas socialmente, e a dieta pescetariana não era tão rígida. O irmão dele morreu por causa de um tumor no cérebro quando tinha quinze anos.

Depois do mofo, dos ratos, dos cigarros e do refrigerante, Edie se sentiu enjoada pela primeira vez naquela noite. O *Times* fizera uma lavagem cerebral nela. Um pequeno fungo zumbi que crescera dentro dela, que bagunçara suas prioridades além de qualquer reconhecimento. Tuck estava certo; ela perdera completamente o propósito de escrever uma história como aquela, que não deveria ser por causa do jornal, do Prêmio ou do Caroço embaixo do braço que provavelmente era só mesmo um caroço. O propósito eram as pessoas.

Edie olhou de canto de olho através do vidro embaçado e ficou surpresa — apesar de não muito — ao ver que Tuck e Tamar continuavam ali, com as cabeças inclinadas sobre a mesa da sala de reunião. Ela passou os dedos pelas raízes do cabelo e esfregou os olhos.

— Merda — disse ela, baixinho.

Ela devia a eles terminar o que começou, Curtis, Sandra, Alma e Zack. Edie precisava fazer tudo direito, *salva veritate!* Com a verdade intacta.

FATO.

3:50 AM
Theo

Theo apagou a placa de ABERTO do Rocker Box, desligou a playlist com os últimos sucessos que tocavam no bar durante o horário comercial e colocou "Private Dancer" para tocar. Tina Turner era o único consolo quando ele estava sentimental e com pena de si mesmo. Ele beliscou uma cesta de bolinhos fritos frios enquanto limpava as mesas e o bar, empilhava copos e cadeiras, trocava alguns barris e levava as garrafas vazias para fora. Isso tudo poderia ter esperado até a manhã seguinte, mas dormir parecia algo impossivelmente distante. Já que ele tinha começado a quebrar as próprias regras, quebrou mais uma e acendeu um cigarro dentro do bar. Quando ele o tragou até o filtro, acendeu outro. E mais um. E mais outro. Ele fumou meio maço de cigarro sem parar, os olhos ardendo e a garganta rouca, e sapateou pelo chão junto do esfregão, cantarolando "Rock 'n' Roll Widow" com a voz áspera. Girou o esfregão e o abaixou como Ginger Rogers, erguendo o olhar a tempo de ver Hannah parada no batente.

Ela inclinou a cabeça de lado. Ele largou o esfregão.

— Achei que ia aparecer para tomar uma saideira, mas se você está fazendo um show...

— Se eu te servir uma bebida, você cala a boca?

— Não dá pra falar e beber ao mesmo tempo.

— Então chega aí.

Ela se empoleirou em um banquinho e pegou um dos bolinhos fritos enquanto ele pegava um copo e uma garrafa de uísque de centeio destilado do bar. Ela provavelmente nem precisava de um copo. Hannah sempre bebia como se estivesse tentando morrer. Ela pegou um dos cigarros do maço e o acendeu, soprando a fumaça pelo canto da boca.

— Certamente você é cavalheiro demais para deixar uma dama beber sozinha — disse ela, na melhor imitação de Scarlett O'Hara.

Já que ele quebrara a regra de transar com

colegas de trabalho e a regra de não fumar dentro do bar, por que não aproveitar e se embebedar com o próprio estoque? Maus hábitos vinham sempre em três. Ele encheu um segundo copo e o levantou para um brinde.

— Ao que vamos brindar? — perguntou ele.

— A qualquer coisa — respondeu Hannah, tilintando o copo contra o dele.

Os dois beberam, limparam a boca e abaixaram o copo. Dessa vez, Hannah serviu.

— Cadê o Kinnan? — perguntou Theo, sem ter a certeza de que ele gostaria de saber.

— Ele foi entregue.

— Ao inferno?

— Não me elogie. — Ela deu um sorrisinho maldoso, passando um dedo na borda do copo. Ele raramente a via tão brincalhona, e era sempre perigoso quando Hannah mostrava os dentes. — Deixei ele na parte norte da cidade.

— Ainda estava inteiro?

Ele não compreendia muito bem — o veneno na voz dela, o ódio maior do que o normal por Tom Kinnan. A maioria das pessoas era indigna de ser notada por ela, e muito menos ser alvo do seu desdém.

— Não posso garantir a sua integridade mental.

— Espero que você tenha conseguido pelo menos arrancar alguma coisa dele.

— Acho que você não olhou seu celular.

Theo pegou o copo outra vez.

— Meu celular já me causou problemas o bastante por uma noite.

— Tenho certeza de que você vai poder ler sobre tudo no jornal amanhã de manhã.

— A Edie é incansável, né?

— Por que você acha que eu não estou na redação do jornal com os outros?

— Porque suas únicas habilidades com outras pessoas são sedução ou sadismo.

Hannah umedeceu os lábios.

— E qual a diferença?

— Não sei — admitiu Theo. — Fui acusado de "negligência criminosa" pela última mulher que sentou onde você está sentada.

— A Chelsea?

— E quem mais seria?

Theo encheu os dois copos outra vez, derramando uísque pelo balcão que ele acabara de limpar. Negligência criminosa. Era melhor fazer por merecer essa descrição.

— Eu sabia que tinha motivo para gostar dela — disse Hannah.

Ele rodopiou o uísque no copo.

— Eu também.

Por que mentir? Hannah zombaria da cara dele não importa o que dissesse.

— Ânimo, cara. Não é como se ela tivesse morrido. — Como já era de se esperar, Hannah revirou os olhos.

— Acho que morri para ela, no caso.

Hannah deu um grande gole em sua bebida e disse:

— Só dê um tempo. Seja o seu eu charmoso de sempre e talvez ela mude de ideia. Ou talvez não seja o eu charmoso de sempre. E como que você ferrou isso, aliás?

— Sinceramente? Nem sei. Não consigo entender o que ela quer de mim, se eu soubesse, faria tranquilamente. Não importa o que eu diga, sempre parece ser a coisa errada.

— Você pode perguntar.

— Perguntar o quê? — Ele a encarou pelo outro lado do balcão.

— O que ela quer. — Hannah apagou o cigarro. — Homens héteros são tão burros. As mulheres não são complicadas. Se você não sabe como ou onde quer chegar com ela, só pergunte o caminho, porra. — Ela virou o resto da bebida. — Chega de conversa de terapia. De nada. Eu te mando a conta.

— Ah, então você vai pagar por essas bebidas — disse ele.

— Pendure na minha conta para quando o inferno congelar.

— Agora me lembre por que estou aceitando conselhos de relacionamento vindos de você?

— Eu concordo. É uma vergonha. Tome tento, Pavlopoulos.

Ela deu um tapa no ombro dele. De uma maneira bizarra, ele de fato se sentiu melhor. Hannah tinha um jeito de fazer com que as coisas sérias parecessem absolutamente absurdas. Ele estava prestes a servir uma quarta rodada quando seu celular começou a vibrar no balcão do fundo. Theo virou a tela e franziu o cenho para o nome na tela.

— Eu deveria atender isso... Ei, Hannah...

Porém, ela já saíra do banquinho e estava a meio caminho da porta, desaparecendo noite adentro sem sequer olhar para trás. Era sempre assim com ela. Theo encaixou o celular entre o ombro e o ouvido.

— Oi, Jordan — disse ao atender.

Jordan, parte de um grupo de residentes do hospital, viera beber no Box na terça-feira, e continuou ali para fazer os primeiros socorros até a ambulância ir embora. Ela prometera ligar se tivesse alguma notícia sobre o Beligerante.

— Escuta, não tenho muito tempo, mas achei que você deveria saber. Sabe o Zack Taft?

Theo desligou a música e derramou o último gole de uísque no ralo da pia. Lembrou que as regras existiam por um motivo.

— O que tem ele?

— Ele morreu.

Theo derrubou o copo na pia, onde quebrou com um ruído abafado e uniforme.

— Quê?

— Acabou de acontecer.

Ele escutou a voz dela estremecendo.

— Como? — perguntou Theo.

— Ele teve outro ataque violento, e aí começou a ter convulsões. Teve uma convulsão grande e uma parada cardíaca. Não recobrou a consciência.

— Jesus. Jordan, eu sinto muito.

— Nunca vi nada desse tipo — disse ela, ofegando de leve, soltando um soluço. Então se acalmou e falou com a voz mais firme: — Espero nunca mais ver outra coisa igual. Ele... — Ela parou de falar. — Desculpa. Tenho que ir.

— Não, não, não, *espera...*

Só que ela já tinha partido. Como Chelsea, como Hannah, como Kinnan e como Zack Taft e como todo mundo que parara um instante no bar. Ninguém ficava por muito tempo, a não ser Theo. Ele pegou os cacos de vidro na pia e os jogou no lixo. Em seguida, colocou Tina Turner para tocar outra vez.

6:30 AM
Tamar

Tamar não dormiu a noite toda. Ela fumara um maço inteiro de cigarros e há mais de doze horas não comia nada que não fosse proveniente da máquina de salgadinhos. A pouca maquiagem que ainda usava estava borrada ao redor dos olhos e acumulada nos vincos da testa e nas linhas de expressão que contornavam os lábios. O cabelo mais parecia um ninho de rato, e ela estremeceu só de pensar na analogia. As roupas poderiam estar mais limpas, mas o bafo era o pior de tudo. Ela virou a xícara de café amargo que comprara do primeiro lugar pelo qual passara com uma placa escrito ABERTO na caminhada do *Belltower Times* até o Centro Calhoun.

Lockley dispunha de um horário de atendimento aos alunos das sete às oito da manhã, uma manobra de agendamento esperta que garantia que ninguém iria aparecer, assim a deixando livre para verificar os e-mails e brincar de Deus por um tempinho antes de dar uma matéria de biologia iniciante sobre o "O jardim do médico: a botânica e a biologia das células humanas". A descrição da matéria prometia palestras de convidados como profissionais farmacêuticos e visitas ao jardim botânico, e era tão alegremente inocente que poderia ter sido escrita por Beatrix Potter.

Tamar verificou o relógio. Não demoraria muito agora.

Ela abriu um mapa do edifício no celular e chutou que era mais provável que Lockley entrasse pelas portas do lado sul do prédio, que davam para uma escadaria perto da sua sala no terceiro andar. Se ela não avistasse Lockley dentro de dez minutos, planejava subir a escada e bater na porta. Com aquela aparência esdrúxula, poderia ser confundida com uma estudante nas garras de uma ressaca perigosa, se a visão de Lockley fosse tão ruim quanto os óculos de fundo de garrafa deixavam implícito.

Tamar quase não a reconheceu sem eles. Era evidente que eram para leitura, ou talvez apenas um acessório para tornar a aparência dela mais... professoral? Acessível? Boêmia? Parecendo-se mais com uma excêntrica adorável e menos com uma cientista maluca, talvez. Tamar jogou uma bituca de cigarro em um arbusto ali perto enquanto os saltos de Lockley, como as ferraduras de um cavalo, galopavam ritmados ao andar pela passarela. Ela carregava uma pilha de papéis no braço, e uma bolsa enganosamente cara jogada por cima do ombro. A doutora passou por Tamar sem nem olhar para ela, tirando as luvas e procurando nos bolsos do casaco pelo cartão de acesso para poder entrar no prédio.

— Com licença, doutora Lockley?

Lockley se virou, olhando para Tamar de cima com um sorriso forçado.

— Sim. Posso ajudar?

— Espero que sim — respondeu Tamar. — Estou fazendo uma reportagem para o *Belltower Times*...

— Se me mandar um e-mail, tenho certeza de que podemos arrumar um horário.

Lockley tinha um tipo de voz baixa e melódica, mas falava muito rápido — o efeito era incongruente e desorientador. Como é que os alunos dela anotavam o que ela dizia durante a aula? Porém, Tamar supunha que aquilo era parte do magnetismo da doutora — prender o público a cada palavra até serem convertidos. O pobrezinho do Tom Kinnan não teve chance.

— Não vou demorar nem um minuto. Queremos mandar para a impressão hoje à tarde.

— Sinto muito, mas não tenho nem um minuto sobrando nesta manhã. Um dos meus doutorandos desapareceu e está com metade das provas do meio do semestre dos meus alunos.

— Você está falando de Tom Kinnan?

As mãos de Lockley ficaram imóveis, a bolsa pesando na dobra do cotovelo.

— Você sabe onde ele está? — perguntou Lockley.

— Infelizmente não — admitiu Tamar, ela decidira que era melhor não perguntar, mesmo depois de Hannah finalmente responder às mensagens.

— E já que nós realmente adoraríamos publicar a opinião de alguém que estava envolvido no Projeto Doce Orvalho, achamos melhor vir falar com você.

O efeito que a frase causou fez valer não apenas a noite insone como a meia hora que Tamar ficou ali parada ao lado da escada no frio. Os olhos de Lockley ficaram arregalados, e depois ela os estreitou; a boca dela abriu, e fechou. Tamar não conseguiu evitar pensar que a cena ficaria muito mais divertida se ela estivesse usando os óculos gigantescos, mas tudo bem. Em um instante, Lockley controlara seu exterior atônito, a expressão tornando-se tão fria e plácida quanto um lago congelado no inverno.

— Sinto muito, mas não sei do que você está falando.

— Então me deixe refrescar sua memória — Tamar propôs, afável.

Ela entregou um envelope pardo que continha o dossiê incriminador completo enviado pelo celular de Kinnan: os e-mails, as mensagens e as capturas de tela. Lockley folheou os documentos, devagar no começo e então acelerando, a cor drenou do rosto até os papéis soltos escaparem por entre seus dedos, esparramando-se na calçada. Ela conseguiu agarrar a página mais próxima e a amassou, mas o resto escapou, rodopiando ao vento pela rua. Tamar observou as folhas darem cambalhotas na brisa, sem se preocupar. Eles sempre poderiam imprimir mais cópias.

— Onde exatamente foi que conseguiu todas essas... — Lockley pareceu ficar sem palavras.

Tamar resolveu providenciá-las para ela.

— Evidências? Eu sei que ética de pesquisa não é seu ponto forte, mas você sabe que jornalistas não são obrigados a divulgar suas fontes.

Tamar sorriu. Ela não era uma jornalista, mas estava gostando daquele papel. Ela se voluntariara para ir, para que Edie pudesse postar seu artigo assim que tivessem o que queriam de Lockley. Ficar parada esperando sem fazer nada além de fumar a fez pensar. Talvez não fosse um salto muito grande de biblioteconomia para jornalismo investigativo; era apenas uma questão de sintetizar informações até que uma narrativa coerente surgisse. Era algo a se considerar, quando ela pedisse demissão do trabalho no hotel, se é que não a demitiriam primeiro.

Ela pigarreou — a garganta rouca e cheia de bolhas depois de uma noite longa e com muito mais cigarros do que seu hábito normalmente exigia.

— Como cortesia profissional, tentamos dar a todos a oportunidade de responder. Especificamente, estamos interessados no como e no porquê de o Projeto Doce Orvalho continuar a recrutar cobaias humanas se sua autorização para isso foi rescindida.

Foi Tamar que seguira a trilha de pão até aquela revelação chocante. Ela revirara a roupa suja eletrônica de Tom Kinnan, rastejara pelos códigos e pelas regulamentações federais de medicamentos, e procurara pelas impressões digitais grudentas de Lockley em qualquer outra fraude documentada no centro eletrônico de pesquisas e avaliação de drogas. Lockley recebera uma bronca leve por fracassar em cumprir com os requerimentos dos relatórios em caso de eventos adversos, e foi provavelmente por esse motivo que as autoridades responsáveis foram rápidas em agir para acabar com o Projeto Doce Orvalho. Não chamavam dessa forma nos relatórios oficiais, é claro — parecia ser um apelido carinhoso para impulsionar seu experimento que continuou em segredo e por meio de subterfúgios. Kinnan foi copiado em uma série de e-mails irritadiços trocados entre Lockley e o diretor do Centro Calhoun, que se recusou repetidas vezes a abrir uma audiência de regulamentação para contestar o término do período de testes. A descoberta deixou Tamar eufórica de prazer — e curiosa para saber se o diretor atual era a mesma fonte anônima que questionara a declaração de Lockley no *Belltower Times* dois anos atrás. Não era à toa que ela tentara disfarçar seu rastro quando a merda foi jogada no ventilador. Ou, no caso, quando os ratos foram enterrados.

As mãos de Lockley tremiam enquanto ela procurava seu cartão outra vez.

— Eu sinto muito, mas realmente não tenho tempo para essa... bobagem — sussurrou ela, afiada.

— Sem comentários, então?

— Com licença, eu tenho uma aula para dar.

Lockley abriu a porta com força e a deixou bater. Algumas páginas soltas escorregaram pelas escadas antes de a brisa as levantar pelo pátio, como folhas do tamanho de cartas. Tamar pegou o celular no bolso, mandando uma mensagem para o resto dos Anacoretas:

Sem comentários.

É claro que Edie foi a primeira a responder:

Tudo pronto para ir ao ar.

Bom, digitou Tamar. Vou tomar café da manhã, se alguém quiser me acompanhar.

Tamar não esperava que alguém fizesse isso, mas ainda não conseguiria encarar voltar para o apartamento vazio, queria comemorar e se parabenizar por resolver o caso e sair do emprego e aproveitar aquele primeiro dia fresco e gelado do que seria o resto da sua vida. Ela começou a caminhar de volta na direção da rua Azaleia, perguntando-se o que satisfaria seu apetite.

Quando o celular vibrou de novo, não foi uma mensagem no grupo dos Anacoretas. Só Hannah. Só para ela.

E que tal um café da manhã na cama?

7:00 AM
Tuck

Tuck acordou em um sobressalto quando uma coisa pesada foi jogada em cima de sua barriga. Preso na escuridão, ele afastou o saco de dormir do rosto para libertar a cabeça e os braços, e percebeu que o gorro escorregara e cobrira seus olhos enquanto dormia. Ele o levantou e empurrou aquele volume estranho do colo. Pensando, inevitavelmente, nos ratos, *o rato*, aquele que escalara a sua perna até alcançar suas mãos para morrer ali. O rato com o qual provavelmente teria pesadelos durante os próximos dois anos, e não se esqueceria tão fácil daquelas últimas horas terríveis.

Aquele rato. Ele nunca tivera fobia de roedores antes, mas tinha bastante certeza de que desenvolvera agora.

A leitosa luz solar de outono iluminava o piso de madeira através dos vitrais. Ele esfregou os olhos até o cômodo ao seu redor se solidificar, um véu fino de névoa ainda borrando o mundo lá fora. A coisa pesada no colo não era um rato. Ele torcia para que não fosse. Era quente, alongada, levemente macia, e embrulhada em papel alumínio.

— Relaxa, Ratinho. É um burrito de café da manhã, não uma bomba.

Tuck espremeu os olhos, encarando Theo esparramado na mesa como se seus joelhos não pudessem ficar a menos de um metro de distância um do outro porque seria desconfortável. Tuck balançou a cabeça. Talvez ainda estivesse preso em um pesadelo.

— O que você está fazendo aqui?

— Cara, o que *você* está fazendo aqui?

— Dormindo — respondeu Tuck. — Ou estava. Finalmente. Depois de passar a noite inteira acordado com Edie.

Theo jogou guardanapos para ele e estendeu um copo de isopor que tinha cheiro de café. E dos bons. Não era instantâneo. Tuck odiou a forma como a sua boca salivou de imediato. Ele não comera nada além de M&M's velhos no jantar de ontem, então, não podia recusar um burrito de graça, mesmo que fosse presente de Theo.

— Tamar foi atrás da Lockley — Theo o informou, soprando o copo de café que trouxera para si.

— Ela se recusou a comentar o escândalo, claro.

— Não dava para você ter me avisado isso por mensagem? — perguntou Tuck, relutantemente descascando o alumínio no topo do burrito.

O gesto aqueceu seus dedos, e ele simplesmente segurou o burrito nas mãos inchadas por um instante demorado antes de rasgar um dos cantos com os dentes.

— Faz horas que estou mandando mensagens, cara. O grupo inteiro mandou.

— Meu celular provavelmente morreu. Não tem muitas tomadas por aqui.

— Bom, vamos ter um monte de tomadas daqui a pouco.

— Como assim? — respondeu Tuck com a boca cheia de bacon, ovos e o que poderia ser macarrão com queijo.

Ele mal sabia reconhecer os quatro grupos alimentícios hoje em dia. Ou será que eram cinco? Sua última refeição quente foi um cachorro-quente da loja de conveniências que parecia ter revirado no espeto embaixo das luzes por um mês.

— Jornalistas, Frei. O pessoal do noticiário. A Edie vai postar o artigo assim que der. Quanto tempo você acha que vai demorar até esse lugar ficar lotado de gente? E nem só de jornalistas. Polícia. Curiosos. Dedetizadores, talvez.

Ele tomou um gole do café. Ergueu as sobrancelhas.

— Tá, então acho que vou desaparecer daqui por uns dias.

— E para onde você vai? — Theo cruzou os braços; o peitoral e os bíceps se destacando sob a camiseta.

Ainda assim, a noite dele também tivera custos. A eterna barba por fazer estava mais escura, com alguns pontos grisalhos. Os olhos profundos estavam mais apagados, mesmo aquele que não estava roxo e inchado, quase como se ele estivera chorando.

— Sei lá, vou dar um jeito. — Tuck engoliu uma mordida grande demais.

Porém, seria mais difícil e mais perigoso enquanto as temperaturas abaixavam. Talvez fosse a hora de arrumar as malas e ir em direção ao sul, como um pássaro migratório. Só que como Theo perguntara tão gentilmente, para onde iria? Em direção a quê? Ele era uma vergonha para sua família e, de qualquer forma, preferia ser um morador de rua do que rastejar de volta para eles.

Encontrar abrigo na Anacoreta convenientemente adiara esses dilemas. Era por isso — ele podia ao menos admitir isso para si mesmo, já que não falaria para Theo — que ele estava tão relutante em ir embora. O mundo não tinha nenhum espaço para ele, nenhuma utilidade. Era mais fácil simplesmente desaparecer.

— Qual é, você não pode voltar para essa espelunca. — Pela primeira vez, Theo não estava sorrindo de lado, e a voz não continha um traço de ironia. — Não dá para você viver aqui para sempre.

Tuck continuou mastigando, teimoso, e engoliu, ainda em teimosia. Fechou o alumínio outra vez, sabendo que poderia precisar do resto do burrito para impedir que sua barriga roncasse mais tarde.

— Sei lá — repetiu ele, considerando o problema da comida se ele decidisse andar em direção ao sul.

Sua curiosidade micológica começara com a coleta. Ele poderia viver com o conhecimento da natureza sem precisar de nada além do seu cérebro e seu caderno por... bem, pelo menos por um tempo.

— Eu estava muito bem até você se convidar para entrar aqui — disse Tuck.

— Tá, e quem convidou você? — rebateu Theo.

— Santo Antônio?

Theo encontrou o caderno de Tuck em cima da escrivaninha e o abriu sem pedir permissão, folheou as primeiras páginas, parando ao ver um desenho colorido de alguns cogumelos cauda de peru, proliferando em seus espirais mirabolantes.

— Sua preocupação é comovente, mas eu estou bem. Sério.

Tuck teve dificuldade em sair do saco de dormir. Não estava muito feliz de ficar parado ali com suas pernas de graveto pálidas que arrepiavam no ar frio da manhã, enquanto Theo parecia um urso pardo pequeno.

— Eu não odeio ficar aqui — disse Tuck, puxando o caderno da mão de Theo. — Eu nunca fico entediado.

— Mas você pode brincar com musgos, ou sei lá o que você gosta de fazer, a qualquer hora que sentir vontade de dar um passeio por uma floresta. — Theo fechou uma carranca, como se estivesse levando a estupidez de Tuck para o lado pessoal. — Não precisa abandonar a civilização, cara.

— Então, para onde eu vou?

Tuck guardou o caderno na estante e pegou o jeans que usou no dia anterior, ainda pendurado nas costas da cadeira da escrivaninha. Os joelhos estavam manchados de terra. Ele suspirou. Roupas limpas, assim como comida quente e café bom, eram confortos que há muito desistira de obter.

— Aprecio o aviso, mas se quisesse ajuda, eu pediria.

Ele ainda não era um projeto de caridade. Independentemente de seus fracassos, Tuck sabia se virar. A Mãe Natureza oferecia de tudo, desde que se soubesse onde procurar.

— Pediria mesmo? — perguntou Theo, azedo. Estava desacostumado a receber recusas decisivas às suas investidas cavalheirescas.

Tuck fingiu avaliar a pergunta enquanto percorria o cômodo com o olhar, analisando tudo que precisava levar consigo ou guardar em um lugar onde ninguém acharia facilmente no caso provável de alguém como Edie, com mais curiosidade do que bom senso, ignorar todos os avisos de perigo.

— A sua? Não — devolveu ele, com firmeza.

Mais uma vez, Tuck se perguntou se a grosseria direta era realmente a única forma de desencorajar pessoas tão determinadas a interferirem na sua vida. Por que não poderiam ter mandado Hannah? Ele se pegou pensando saudosamente na apatia gélida de Hannah nas últimas sete horas.

— Tudo bem — disse Theo. — E se eu estivesse pedindo ajuda para *você?*

— Com o quê? — Tuck quase deu risada. Até parece.

— Minha melhor *bartender* pediu demissão. Acho que eu nunca deveria ter transado com ela. — Theo deu de ombros, os músculos subindo e descendo.

— Ela nunca deveria ter transado com você.

— É, acho que ela pensa isso também. Talvez eu tente fazer ela mudar de ideia, agora com...

Ele percebeu que estava pensando em voz alta. Foi a vez de Tuck erguer as sobrancelhas.

— Deixa para lá — disse Theo. — A questão é que eu estou com a equipe reduzida e você não tem uma casa. Talvez a gente possa arrumar um... — ele gesticulou para o caderno — ... como é que você chama isso? Um acordo simbiótico.

Tuck suspeitou da atitude, ele tinha pouca inclinação a confiar em Theo. Porém, o costumeiro jeito impassível e arrogante de Theo estava apagado, abatido por estresse, cansaço, ou — por mais incrível que parecesse — o que parecia ser genuinamente um coração partido. Tuck olhou pela janela. As corujas tinham se calado, mas o resto do mundo estava acordando. A torre do sino do campus ecoou os últimos toques lúgubres a oitocentos metros a leste dali. Eram sete horas.

— Bom, nem me diga como. — Tuck pegou o café com uma urgência ainda maior.

Seja lá para onde fosse, ele não tinha nenhum desejo de ficar por perto da Anacoreta quando a história fosse publicada.

— Sei que não é seu trabalho dos sonhos nem nada, mas você consegue servir uma cerveja

— disse Theo. — E pode aprender a fazer drinques. Cacete, aposto que Noah deixaria você cozinhar cogumelos se você precisasse de uns fungos como incentivo.

— E onde eu moraria? Que eu saiba, o salário não é o suficiente para pagar um aluguel.

— Eu tenho um quartinho vazio. Não é grande coisa, mas é melhor do que isso.

— Sério?

— Sério como um ataque cardíaco, Tuck.

Ele não conseguia se lembrar da última vez que Theo o chamara de Tuck — e não de Frei ou Ratinho, só de Tuck. Eles se encararam, desgrenhados e exaustos, cada um segurando seu café em um desespero silencioso. Não ocorrera a Tuck até aquele momento que apesar de seu bar animado, do magnetismo natural e de ser obviamente um extrovertido, talvez Theo ficasse voltando para a Anacoreta porque ele se sentia, de alguma forma inimaginável, *sozinho*. Tuck pigarreou.

— Você fez esse burrito ou comprou de algum lugar?

— Eu fiz. — Theo pigarreou também, evitando os olhos de Tuck, olhando pela janela para o nada. — Faço burritos com os restos do dia anterior quase todas as manhãs.

— Ficou bom — disse Tuck. — Valeu.

— De nada.

— Seria melhor com cogumelos.

Theo olhou outra vez para ele.

— Talvez você possa me dizer se os que estão crescendo atrás do aquecedor de água são comestíveis.

— Espero que sim — respondeu Tuck. — Porque eu não sei nada sobre drinques.

— A cavalo dado não se olha os dentes. Você está contratado.

Theo saiu de cima da escrivaninha e deu um tapa tão forte no ombro de Tuck que ele achou que a tábua do assoalho embaixo dele tinha rachado.

— Arrume suas coisas, Ratinho. Precisa aprender muita coisa até às cinco da tarde.

Tuck verificou seu relógio barato. Ele se consolou com um gole de café e disse:

— Ah, que ótimo. Já estou arrependido.

10:00 AM
Hannah

O apartamento de Tamar tinha muitas janelas, o que fazia com que parecesse muito maior do que era. Um apartamentinho de canto com um quarto e uns quarenta e cinco metros quadrados, se Hannah precisasse chutar, no segundo andar de um prédio antigo. O chão era de madeira legítima, avermelhado sob a luz do sol da manhã. A parede era de tijolo aparente. Charmoso, se a pessoa não se importasse com os camundongos nas paredes ou os aquecedores barulhentos ou o cano na cozinha que ficava quente demais ao toque até congelar no inverno, ou com carregar o cesto de roupa suja por quatro lances de escada até chegar em um porão frio e fedorento, e descobrir que alguém entre as duas dúzias de vizinhos chegara primeiro. Prédios antigos eram assim.

Mas Hannah gostava deles. Tinha muito o que se escutar durante a noite, uma brincadeira eterna de *que som é esse*? Isso lhe dava algo para fazer nas raras horas de escuridão que ela não passava dirigindo por aí à procura de almas perdidas carregando uma moeda para o barqueiro. Ela nunca estivera no apartamento de Tamar durante o dia, e não tinha certeza do motivo de ter sugerido aquilo, exceto pela euforia impensada que trouxera consigo da floresta Bothell, como se tivesse deixado toda sua raiva ali com Kinnan. Hannah não se orgulhava de muita coisa, com exceção de fazer qualquer um burro o bastante para mexer com ela se arrepender disso. Provavelmente para sempre. Não havia sinal de sua última vítima até agora, pelo que ela sabia. Havia muita coisa com o que se preocupar, mas agora não. Ainda não.

Ela dormira, mas não por muito tempo — chocada por ter conseguido cochilar em uma cama estranha. A sua própria cama era bastante desafiadora, mas ao menos estava equipada com todas as intervenções, comuns e incomuns. Uma coisa meio *O vale das bonecas*. Era possível se drogar até ficar inconsciente se nada mais funcionasse e, naquela altura, nada mais funcionava. Hannah tentara todos os umidificadores e máquinas de ruído branco e aplicativos de meditação já inventados e, ainda assim, o jeito mais confiável de atingir o esquecimento era vodca, rivotril e escutar música em alguma língua desconhecida em uma rádio AM. Ela não conseguia mais arrumar receitas de nada, mas existia tráfico de remédios a rodo em qualquer cidade universitária. Era um dos motivos de nunca ter reunido coragem o bastante para juntar suas coisas e se mudar.

Quando acordou, os olhos dela estavam borrados por sonhos dos quais não se recordava, e o teto com manchas de infiltração voltou lentamente em foco. A princípio, ela estava incerta de onde se encontrava. Assustou-se ao sentir alguém respirando ao seu lado até virar a cabeça e ver o braço escuro de Tamar encostado em um travesseiro com um arco gracioso. Nadando entre os lençóis. Hannah ficou perplexa, por causa dela e da luz do sol. Ela tinha um ponto fraco por Tamar, macio e tenro como o machucado em um pêssego maduro. Odiava gostar de pessoas.

Ela rolou para o lado, olhando as notificações no celular. Algumas atualizações dos Anacoretas. Edie alertando a mídia. Kinnan não aparecera, e Tamar não perguntara nada. Depois de tantas horas, Hannah poderia falar sinceramente que não sabia onde ele estava, e que não se importava. Ela saiu de debaixo do lençol e foi até a sala de estar. Como esperado, Tamar tinha livros. Muitos livros. Sem estantes o suficiente para eles. Até mesmo o balcão da cozinha estava lotado de livros de receitas e revistas. Quem mais ainda recebia revistas pelo correio? Hannah folheou um exemplar da *Delayed Gratification*, que continha um artigo sobre Tolkien e inteligência artificial, marcado com uma página dobrada em um canto. Ela olhou na direção do quarto. Tamar com certeza tinha marcadores de livros. Talvez fosse cafona usá-los em revistas. Ela passou por mais algumas páginas, esperando o café ferver em uma chaleira antiga. Todo mundo tinha uma cafeteira em casa ou qualquer aparelho complicado com um nome parecido ao de um cachorrinho de colo. Sob a luz do sol, Hannah percebeu que Tamar não tinha uma tv. A maioria das pessoas arranjava tempo, mas em que momento, entre um trabalho de recepcionista e outro, ela poderia assistir a alguma coisa?

Hannah fazia o café tão preto e extraforte que arrancava o revestimento do seu estômago como se fosse querosene. Certamente um fator que contribuiu para seu desaparecimento ectomórfico.

Vire-a de lado, e ela desaparece! De meses em meses, ela arrumava outra úlcera e passava algumas semanas bebendo canja e vomitando sangue até se curar o bastante para voltar a fumar e se entupir de café. Ela revirou os olhos e virou a página na revista. *Por acaso já tentou beber chá de camomila?* Pensando bem, ela estava desesperada para fumar um cigarro. Estava mais do que na hora de vazar. Ela não queria estar ali quando Tamar acordasse. Tamar não merecia isso. Hannah se perguntava qual era a meia-vida do sono — quanto tempo demorava até que uma hora de descanso fosse drenada outra vez do seu corpo. Ela só estava acordada há meia hora, e o dia já parecia perder seu brilho. Claro, Kinnan poderia estar congelando para caralho em algum lugar da floresta Bothell, e a polícia poderia estar escavando o quintal da Anacoreta, e Heather poderia estar desesperada para esvaziar a mesa antes que uma multidão violenta e raivosa chegasse trazendo tochas e forquilhas, mas e daí? Isso não mudava o prognóstico. Hannah fechou os olhos sob a luz do sol forte e indesejada. Esfregou os dedos nas têmporas até começarem a pulsar. A memória dela da noite era como um mosaico, uma quimera, distorcida pelo intoxicante inigualável que era a vingança. E o que mais? Como ela poderia saber? As palavras estranguladas de Kinnan ecoavam em sua mente. *Agressão. Hostilidade. Cegueira.* Ele realmente dissera *canibalismo*, ou isso era só criação de seus delírios febris doentios? Ela afastou aquele pensamento. Isso era do rato. Era diferente.

Hannah terminou seu café em três goles grandes, deixou a revista onde a encontrara, e entrou no banheiro. Queria lavar o rosto, desanuviar a cabeça, enxaguar os acontecimentos das últimas dez horas. Não havia espaço para uma bancada — somente um armário estreito atrás do espelho, e o espaço que conseguiam arrumar nos cantos do chuveiro. Ela fechou a porta e abriu o armário. Sempre estava interessada em olhar o que todo mundo estava tomando, especialmente para ver se existia algo que valia a pena levar embora. Se Tamar tomava algum medicamento controlado, não o guardava no banheiro. Em vez disso, tinha alguns pincéis de maquiagem e paletas de sombra, embora Hannah não conseguisse se recordar se já a vira maquiada, pasta de dente e fio dental, um termômetro e... finalmente, ela sabia que encontraria alguma coisa.

Havia uma pequena caixinha de joias na prateleira inferior. Não era de veludo, mas uma daquelas de papelão branco com uma almofada de algodão no fundo para que os acessórios guardados não

A HORA MORTA

parecessem tão pequenos e perdidos. Hannah abriu a caixa e foi surpreendida outra vez. Não eram pílulas, maconha ou até a antiga aliança de casamento. Ali, intacta, exceto por um buraquinho de um dos lados, como se o que existisse lá dentro tivesse dado uma espiada no mundo e decidido que não sairia mais, havia uma casca de ovo azul minúscula. Sentindo como se tivesse levado uma bronca — daquela coisa inocente e delicada, guardada em uma caixa como um segredo —, ela a devolveu para o mesmo lugar e fechou o armário.

Hannah se afastou do próprio reflexo, que pareceu perto e súbito demais de repente. O cabelo pós-sono daquela manhã batalhava contra o cabelo embaixo do gorro de ontem à noite. O rosto dela sempre pareceu magro, retesado, afiado — o nariz arrebitado e o queixo parecendo raquíticos à sua própria maneira, ou era o que a irmã dela sempre dizia. Cara de rato. Olívia Palito. Regan MacNeil. Os irmãos sempre escolhiam os apelidos mais carinhosos. Porém, naquela manhã, as bochechas pareciam mais macias. Assim como a boca, os olhos, o arqueado das sobrancelhas. Tudo parecia um pouco... borrado.

Hannah ligou a torneira e jogou água fria no rosto, torcendo para que isso a acordasse. Ela gostava de Tamar, mas odiava gostar de pessoas, então, queria ir embora logo. Fechou a torneira e ergueu a cabeça, procurando uma toalha. Porém, ali estava o reflexo dela outra vez, com mais clareza. Talvez. Ela se inclinou mais perto, perto o bastante para que a respiração embaçasse o espelho. Hannah congelou em cima da pia, a água escorrendo pelo queixo. Tentou piscar para reduzir o borrão, mas nada aconteceu. Ela levou a ponta do dedo ao dorso do nariz e sentiu — escamoso e pálido, mas tão macio quanto cera de vela quente.

O sono em seus olhos.

Agradecimentos

A escrita deste livro aconteceu em estranhos arroubos e ímpetos entre junho e dezembro de 2023. Foi um ano difícil para mim, quando a escrita era perpetuamente forçada a competir com outras coisas grandiosas que mudam nossa vida — vendi minha casa, terminei meu PHD, guardei toda minha vida em um depósito e passei muito tempo no hospital para o tratamento de câncer do meu cachorro e minha própria recuperação depois que destrocei meu pé esquerdo. Sem a paciência, o apoio e o entusiasmo dos meus círculos pessoais e profissionais, eu não teria sobrevivido, e muito menos escrito dois livros ao mesmo tempo. Passei por muitos dias compridos e muitas noites insones; meu melhor comportamento era raro, o pior, frequente, mas, por algum motivo, algumas pessoas continuaram comigo mesmo assim. Este livro pertence tanto a eles quanto a mim.

Obrigada à Arielle Datz, minha primeira leitora, agente e o anjinho no meu ombro há dez anos. Não sei como tive tanta sorte, mas fico grata todos os dias por ela estar ao meu lado. Gratidões também são devidas à Christine Kopprasch, minha editora, e a equipe inteira da Flatiron, que deram uma chance para esta história sem saber de nada, transformaram meus delírios inquietos em algo que valia a pena ler e fizeram com que o resultado ficasse tão deliciosamente macabro, tanto por dentro quanto por fora. Longe do teclado, eu, assim como os Anacoretas, tenho meu próprio grupo de apoio insone a quem posso invocar no meio da noite: Adam e Adriana, Cary e Madison, James e Gram, a gangue de MedRen da UMD, e, é claro, a Coorte Notorious.

Como dizia Shakespeare em *A tempestade*: vocês são da matéria de que se fazem os sonhos.

PLAYLIST

"Cruel Sun", Sparklehorse
"Waking Up", Elastica
"Cigarettes", X-Ray Spex
"She's a Hole", Oblivians
"Whistlin' Past the Graveyard", Tom Waits
"Thrill Kill", The Damned
"In the Night", Bauhaus
"Go Out", Blur
"Science Fiction", Arctic Monkeys
"Ghost Town", The Specials
"Pine Box Derby", Beat Happening
"Bury Me with It", Modest Mouse
"Dog New Tricks", Garbage
"There's a Moon On", Pixies
"Nightmare", The Rats
"Asleep at the Wheel", Band of Skulls
"Bloodletting (The Vampire Song)", Concrete Blonde
"Fell on Black Days", Soundgarden

"Revenge", Patti Smith
"Death to Our Friends", Sonic Youth
"Deadlines (Hostile)", Car Seat Headrest
"Doing It to Death", The Kills
"Wasted", Mazzy Star
"Little Beast", Elbow
"Dreams", Sebadoh
"Rest My Chemistry", Interpol
"Nocturnal Me", Echo & the Bunnymen
"Lullaby", The Cure
"Night Shift", Siouxsie and the Banshees
"Dream Baby Dream", Suicide

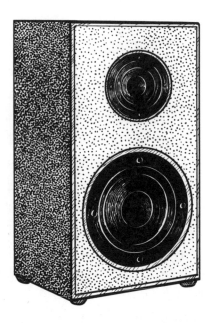

CARTA DE DRINQUES

Acorda Cadáver

45 ml de conhaque
22 ml de *applejack*
22 ml de vermute italiano
Bitter de laranja a gosto
Gelo
Casca de laranja

Misture todos os ingredientes em um mixer com gelo e mexa até ficar resfriado. Coe em uma taça coupé e enfeite com casca de laranja. Para a variação Pavlopoulos, triplique a receita e reze pelo seu fígado.

Melada ou Morte

Gelo
30 ml de absinto
60 ml de cerveja de gengibre
30 ml de suco de uva verde
Gotas de suco de limão a gosto

Sirva o absinto sobre o gelo e mexa até ficar turvo. Adicione a cerveja de gengibre, o suco de uva verde e, por fim, algumas gotas do suco de limão. Sirva em uma taça de coquetel.

Este livro foi composto nas fontes Span e Skolar
pela Editora Nacional em setembro de 2024.
Impressão e acabamento pela Gráfica Ipsis.